Franz Joseph Andreas Nicolaus Unger

Die fossile Flora von Kumi auf der Insel Euboea.

Antigonos

Franz Joseph Andreas Nicolaus Unger

Die fossile Flora von Kumi auf der Insel Euboea

Unveränderter Nachdruck der Originalausgabe von 1867.

1. Auflage 2024 | ISBN: 978-3-38615-501-4

Antigonos Verlag ist ein Imprint der Outlook Verlagsgesellschaft mbH.

Verlag: Outlook Verlag GmbH, Zeilweg 44, 60439 Frankfurt, Deutschland, info@outlook-verlag.de
Vertretungsberechtigt: E. Roepke, Zeilweg 44, 60439 Frankfurt, Deutschland
Druck: Libri Plureos GmbH, Friedensallee 273, 22763 Hamburg, Deutschland

DIE

FOSSILE FLORA VON KUMI

AUF DER

INSEL EUBOEA.

VON

Prof. Dr. F. UNGER,

WIRKLICHEM MITGLIEDE DER KAISERLICHEN AKADEMIE DER WISSENSCHAFTEN.

Mit 17 Tafeln.

VORGELEGT IN DER SITZUNG AM 5. JULI 1866.

———

WIEN.

AUS DER KAISERLICH-KÖNIGLICHEN HOF- UND STAATSDRUCKEREI.

—

IN COMMISSION BEI KARL GEROLD'S SOHN, BUCHHÄNDLER DER KAISERLICHEN AKADEMIE DER WISSENSCHAFTEN.

1867.

BESONDERS ABGEDRUCKT AUS DEM XXVII. BANDE DER DENKSCHRIFTEN DER MATHEMATISCH-NATURWISSENSCHAFTLICHEN
CLASSE DER KAISERLICHEN AKADEMIE DER WISSENSCHAFTEN.

DIE

FOSSILE FLORA VON KUMI

AUF DER

INSEL EUBOEA.

VON

Prof. Dr. F. UNGER,

WIRKLICHEM MITGLIEDE DER KAISERLICHEN AKADEMIE DER WISSENSCHAFTEN

(Mit 17 Tafeln.)

———

(VORGELEGT IN DER SITZUNG DER MATHEMATISCH-NATURWISSENSCHAFTLICHEN CLASSE AM 5. JULI 1866.)

———

Die Braunkohlenlager von Kumi und die sie begleitenden organischen Reste bieten ein grösseres geologisches Interesse als jede andere gleichzeitige Ablagerung von Pflanzenresten Europa's durch die Funde zu Pikermi, welche damit in Beziehung stehen und wie wenige ein vollständiges Charakterbild jener Zeitperiode geben.

Beide Ortschaften in Griechenland sind zwar weit von einander entfernt; Pikermi liegt in Attica am nordöstlichen Fusse des Pentelikon, Kumi dagegen ist eine Seestadt der grossen Insel Euboea, in deren Nähe sich die genannten Braunkohlenflötze ausbreiten. Pikermi ist durch die Knochen vorweltlicher Säugethiere bekannt, welche in einem eisenschüssigen Thone eingebettet nicht nur in grosser Menge, sondern auch in einer Mannigfaltigkeit vorhanden sind, die wenig zu wünschen übrig lassen. Sie gewähren uns eine vollständige Übersicht der Säugethierfauna jener Periode, von der wir zwar auch im westlichen Europa zahlreiche Anzeichen besitzen, die jedoch weder an Menge noch an der Vortrefflichkeit der Erhaltung mit jenem Fundorte wetteifern können.

Aus den Untersuchungen der Herren Roth, Wagner, Gaudry u. Anderen geht hervor, dass die hier vorgefundenen Knochenreste den verschiedensten Familien und Abtheilungen der Säugethiere angehören, und dass die Zahl der Arten in den letzten Aufsammlungen sich auf 51 belauft, jede derselben in so zahlreichen Individuen, dass sich darunter allein 20 Schädeln von Affen, 23 Individuen von Raubthieren, 26 vom Rhinoceros, 74 von Einhufern und 150 von Antilopen sich befinden.

1*

Die fossilienführende Schichte von Pikermi gehört wie die ganze dortige Ablagerung der Miocänperiode an. Auf dem krystallinischen Kalk des Pentelikon, welcher mit Schiefer in gestörten Lagen wechselt, befindet sich ein 200 Meter mächtiger Süsswasserkalk mit Conglomerat und thonigem Sand in stark gehobenen Schichten. Auf diesem liegt der etwa 28 Meter starke rothe, gleichfalls mit einem Conglomerate wechselnde Lehm — die Lagerstätte der fossilen Knochen. Die fast horizontalen Schichten derselben sind nur wenig oder gar nicht gestört. Endlich bedeckt das Ganze Sand und Conglomerat der jüngsten Zeit in einem 1—3 Meter starken Lager.

Der gleichen Zeit angehörig sind aber auch die Braunkohlenlager, die an mehreren Punkten in Attica, aber vorzüglich auch bei Kumi auf der Insel Euboea erscheinen. An der Gleichzeitigkeit der Bildung beider Schichtensysteme ist nach den Lagerungsverhältnissen derselben nicht zu zweifeln, und wenn auch jede Localität ihre Eigenthümlichkeiten darbietet, so steht doch so viel fest, dass sie einer Periode angehören; die rothen Thone scheinen somit nur durch Örtlichkeitsverhältnisse bedingte Bildungen zu sein, die der Periode der Ablagerung der Süsswasserkalke und Thone untergeordnet sind, und gleichzeitig mit diesen erfolgten.

Wir können daher mit gutem Fug behaupten, dass in den Lagerstätten von Kumi die Arten jener Pflanzen niedergelegt und erhalten sind, deren sich die von Pflanzen lebenden Thiere von Pikermi dereinst zu ihrer Nahrung bedienten, und es lässt sich daher erwarten, dass beide sich in ihrem Charakter gewissermassen entsprechen müssen, wenn anders die gemachten Voraussetzungen richtig sind.

Bevor wir nun in eine nähere Untersuchung dieses Gegenstandes eingehen, sei es uns erlaubt, vorerst einen Blick auf die Lagerungsverhältnisse jener pflanzenführenden Schichte von Kumi zu werfen, und zu sehen, ob mit den eingeschlossenen Vegetabilien nicht auch Thierreste vorkommen, die sich wenigstens ihrem Charakter nach an jene von Pikermi anschliessen.

Sämmtliche Ablagerungen von Kumi und seiner Umgebungen zeichnen sich durch einen Wechsel von sandigen, mergeligen und kalkigen Schichten aus, die zusammen eine Mächtigkeit von 200—300 Fuss, dort und da auch 1000 Fuss erreichen. Zum Complexe derselben gehören fast überall auch Lager von Lignit und Braunkohle, die mit ihren Zwischenmitteln bis zu 16 Fuss anschwellen, obgleich die eigentlichen Lignite selten mehr als eine Mächtigkeit von 4 Fuss erreichen.

Eben dadurch und durch die beigemengten Schwefelkiese erlangt die Braunkohle eine geringere Brauchbarkeit in der Anwendung als Feuerungsmittel und zu technischen Zwecken.

Die Süsswasserablagerung von Kumi durch ihre dem Süsswasser sowohl als dem Brakwasser angehörigen Fischreste und Conchylien als Absatz eines maritimen Beckens charakterisirt, hat eine nicht geringe Ausdehnung und bietet durch den leicht verwitterbaren Mergelschiefer einen verhältnissmässig fruchtbaren Boden. Sie ist durchaus von Kalksteinmassen, deren Natur aus Mangel an Petrefacten schwer festzustellen ist, eingeschlossen und an vielen Stellen durch Serpentin, Trapp- und Trachytmassen durchbrochen, welche die regelmässige Schichtenlage mannigfach heben und verwerfen. Das beifolgende Profil gibt einen Überblick der Lagerungsverhältnisse dieser Süsswasserformation und zeigt dieselbe in Verbindung mit den angrenzenden Gebirgsgesteinen und den Hebungsmassen. Der Kalkdiabas, welcher hier als Eruptivgestein auftritt, ist von einem dunkelrothen Kalk und einer

Kalkbreccie begleitet, deren Bestandtheile Kalksteintrümmer mit einem kalkigen Cement bilden. Die Kalke selbst, aus denen sie entstanden, sind stark aufgerichtet und streichen Stunde 20—23, doch wechselt ihr Verflächen bald nach Südwesten, bald nach Osten. Auch die Süsswassermergel, welche die Kohlenflötze begleiten und einschliessen, sind unter gleichem Streichen gehoben, und verflächen in einem Winkel von 30° nach Westen.

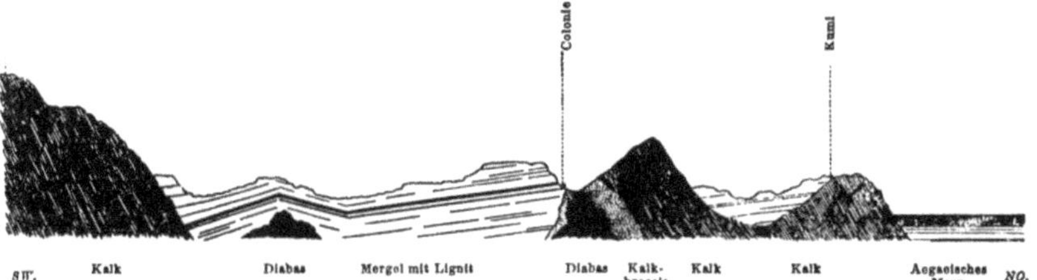

Nur die oberen Schichten, die bald kreideartig und mürbe, bald fest, kalksteinartig und dem lithographischen Schiefer ähnlich sind, enthalten organische Einschlüsse. Durch den Umstand, dass diese Kalk- und Mergelschiefer sich als leicht zu bearbeitende Bausteine, die dünnblättrigen Schichten sogar zum Decken der Häuser brauchbar erweisen, sind sie durch zahlreiche Steinbrüche aufgeschlossen. Man hat demnach in der Bergwerkscolonie von Kumi, die jetzt keine Kohle mehr liefert, das beste Feld, sich reiche Sammlungen solcher Petrefacte zu verschaffen, und als ich im Frühjahre 1860 mich selbst an dieser Stelle einfand, gelang es mir eine nicht unbedeutende Sammlung derselben zu Stande zu bringen, die ich in einem Reisewerke unter dem Titel: „Wissenschaftliche Ergebnisse einer Reise in Griechenland und in den jonischen Inseln, mit 45 Holzschnitten, 27 Abbildungen in Naturselbstdruck und einer Karte, 1862, 8°. und zwar unter der Aufschrift „Die fossile Flora von Kumi auf Euboea" veröffentlichte.

Die mir damals hilfreiche Hand des bei dem Bergwerke bediensteten Herrn Wourlisch, durch deren Zuthun es mir gelang, eine Sammlung von 200 Stücken zu Stande zu bringen, hat sich auch in der Folge dienstfertig bewiesen. Durch drei auf einander folgende Sendungen innerhalb weniger Jahre hat sich der Überblick über diese Pflanzenreste auf mehrere Tausend Exemplare ausgedehnt, und wenn ich gegenwärtig auch nicht behaupten kann, den Reichthum dieser Lagerstätte vollkommen ausgebeutet zu haben, so bin ich doch allerdings in den Stand versetzt, über die Beschaffenheit derselben mehr sichere und erfolgreiche Daten anzugeben, als es mir ehedem bei dem beschränkten Gesichtskreise möglich war.

Früher, gleichzeitig und etwas später haben auch andere Naturforscher den organischen Einschlüssen von Kumi ihre Aufmerksamkeit zugewendet.

Schon Sauvage[1]) spricht nach einem Besuche in der ersten Hälfte der Vierziger Jahre dieses Jahrhunderts von den schönen Blattabdrücken von Kumi, ohne jedoch nähere Angaben damit zu verbinden. Einige Jahre später besuchte Capitän Spratt[2]) dieselbe Localität, und brachte Sammlungen daselbst zu Stande, welche E. Forbes bestimmte. Die im Quart. Journ. VIII, Appendix genannten Pflanzenabdrücke beschränken sich auf die Angabe einiger nicht

---

[1]) Observations sur la géologie d'une partie de la Grèce continentale et de l'île d'Eubée. Ann. des Mines. 1846. Vol. X.

[2]) On the Geologie of a part of Euboea and Boeotia. Journ. of the geol. Soc. Vol. III, 1847, p. 67.

näher bezeichneten *Fagus-*, *Quercus-*, *Laurus-*, *Nerium-*, *Salix-*, *Celtis-* und *Pinus-*Arten, die sich durch spätere Funde allerdings grösstentheils bewährten. Neuere Aufschlüsse hat uns über das Petrefactenlager von Kumi Herr A. Gaudry gegeben. Er schreibt an Elie de Beaumont[1]), dass die Pflanzenabdrücke da häufig vorkommen, ausserordentlich gut erhalten, am häufigsten Blätter, ausserdem aber auch Stengel und Samen vorhanden seien. Der Rest einer Blume, den er gefunden hat, wird wohl nichts anders als der Kelch der von mir später zu beschreibenden *Royena graeca* gewesen sein. Als vorherrschend wird ganz richtig *Glyptostrobus europaeus (Taxodium europaeum)* angeführt.

Später hat A. Brongniart die von A. Gaudry veranstaltete Sammlung von 50 Exemplaren geprüft und darüber einen ausführlichen Bericht erstattet[2]).

Dieser ausgezeichnete Paläontolog spricht sich darin zuerst über die Schwierigkeiten aus, die der sicheren Bestimmung der Pflanzenreste allenthalben entgegentreten, indem man es in der Regel mit wenig mehr als unvollkommenen Blattresten zu thun hat, die so sparsam charakteristische Merkmale darbieten, dass man oft nicht einmal die Gruppe oder Familie, viel weniger die Gattung zu eruiren vermag, denen sie angehört haben. Dass in dieser Beziehung die Bestimmungen der Pflanzenpaläontologen unsicher sind und nur zu oft den beschränkten Werth haben, nicht mehr als blos auf das Vorhandensein dieser oder jener Form aufmerksam gemacht zu haben, ist allerdings nicht zu leugnen; dadurch sich aber von den weiteren Forschungen auf diesem Felde abhalten zu lassen, würde eben so unpassend sein, als die Cultur der Wissenschaft aufgeben, da dieselbe in ihren ersten Resultaten ebenfalls nicht immer die befriedigendsten Aufschlüsse zu geben im Stande ist.

Nach Brongniart beläuft sich die Flora von Kumi auf 30 Arten, von denen sich 25 gut und sicher bestimmen, d. i. auf schon beschriebene Arten zurückführen liessen, und welche bisher noch unbekannte Arten darstellen. Das Verzeichniss dieser fossilen Pflanzenarten lautet folgendermassen:

<table>
<tr><td valign="top">

Coniferae.

   Glyptostrobus europaeus Brongn. sp.
   Sequoia Langsdorfi Brongn. sp.
   Pinus rigios Ung. (dreinadelig).

Myriceae.

   Myrica Ungeri Heer (*Comptonia laciniata* U.).
     „ *banksiaefolia* Ung. (*Dryandroides bank-*
       siaefolia Heer).
     „ *hakeaefolia* Brongn. (*Dryandroides ha-*
       keaefolia Ung.).
     „ *laevigata* Brongn. (*Dryandroides laevi-*
       gata Heer).
     „ *salicina* Ung.
     „ *angustifolia* Brongn. (*Dryandroides an-*
       gustifolia Ung.).

</td><td valign="top">

Cupuliferae.

   Quercus elaena Ung.
     „   *drymeja* Ung.
     „   *Valdensis* Heer?
     „   *suber* L.?

Amentaceae.

   Alnus nostratum Ung.
   Planera Ungeri Ettingsh.

Laurineae.

   Cinnamomum Scheuchzeri Heer.
   Persea Braunii Heer.

Proteaceae.

   Stenocarpites anisolobus Brongn.

Apocyneae.

   Nerium Gaudrianum Brongn. (Oropo!)

</td></tr>
</table>

---

[1]) Plantes fossiles de l'ile d'Eubée, lettre de M. A. Gaudry à M. Elie de Beaumont. Comptes rend. 1860, I, p. 1093.

[2]) Note sur une collection des plantes fossiles recueillies en Grèce par M. Gaudry par M. Ad. Brongniart. Comptes rend. 1861, p. 1232.

<table>
<tr><td>

Combretaceae.

Terminalia radobojana Ung.

Ericaceae.

Vaccinium reticulatum Al. Braun.
Andromeda vaccinifolia Ung.

</td><td>

Celastrineae.

Celastrus Andromedae Ung.

Anacardiaceae.

Rhus Meriani Heer.

</td></tr>
</table>

Längst haben die wohl erhaltenen Fischreste von Kumi die Aufmerksamkeit der Paläontologen auf sich gezogen; es ist aber meines Wissens weder über den Reichthum noch über die Beschaffenheit jener Fauna etwas publik geworden. Einen Fischrest, den ich selbst von daher mitbrachte, hatte der Kenner der Fische, Herr Prof. Kner, für eine der Gattung *Periophthalmus* verwandte Form erklärt. Von zwei anderen neuerlich erhaltenen Fischresten gibt derselbe Forscher an, dass ein sehr gut erhaltener und charakteristischer Vordeckel der Kiemen (préopercule) mit Verlässlichkeit auf die von Agassiz als *Cyclopoma* beschriebene Gattung hinweist und die Schuppen eines zweiten Fisches einer *Gobidee* angehört haben, welche sich aber der Gattung nach nicht näher bestimmen liess. Von den beiden in den Rech. sur l. poiss. foss. Tom. IV, p. 8 u. 17, tab. 1 u. 2 beschriebenen und abgebildeten Arten von *Cyclopoma* stimmt das Exemplar von Kumi mehr mit *C. spinosum* als mit *C. Gigas* überein, was sich nicht blos auf die Gestalt, sondern auch auf die Grösse des Vordeckels bezieht, und daher den Schluss auf die gleiche Grösse beider Thiere erlaubt.

Wichtig ist die Bemerkung, dass *Cyclopoma* noch nirgend anderswo als in den eocänen Schichten des Monte Bolca gefunden wurde. Zugleich füge ich bei, dass es hier keiner Vision, wie sie Agassiz von sich (l. c.) erzählt, bedurfte, um das charakteristische Bild dieser Fischgattung von Kumi zu erlangen.

Alle diese Fische haben ihre verwandten Formen sowohl im salzigen als süssen Wässern, und können daher auch sehr wohl im Brakwasser gelebt haben.

Nicht viel mehr Aufschluss über den Charakter der Fauna geben die Reste der Conchylien und der Krustenthiere, welche vermischt mit Pflanzenresten erscheinen oder in deren Gesellschaft sich vorfinden.

Nach den Sammlungen des genannten Capitäns Spratt fand sich daselbst eine *Planorbis*, eine *Paludina* und eine *Cyclas*, von denen die erstere mit der um Kumi lebenden *Planorbis orientalis* und die beiden anderen gleichfalls mit den in Griechenland und Kleinasien lebenden Arten zusammenfallen sollen.

Von einigen Süsswasserconchylien der Gattung *Lymneus*, die ich selbst sammelte, glaubte Dr. Rolle eine Art dem *Lymneus auricularis* Drap., die zweite dem *Lymneus glutinosus* Müll. und die dritte dem *Lymneus Adelina* Forb. zurechnen zu müssen.

Auch A. Gaudry brachte dergleichen Conchylien von Kumi nach Europa, die er den Gattungen *Paludina*, *Planorbis* und *Cyclas* angehörig betrachtete, ohne sich über die Art näher auszusprechen.

Die wiederholten Aufsammlungen des genannten Herrn Wourlisch enthielten neben den Pflanzenresten auch einige obgleich wenige Thierreste der unteren Classen. Ihre Durchsicht und Vergleichung mit lebenden Formen hat Herr Prof. E. Reuss übernommen, und mir hierüber Folgendes mitgetheilt:

Was die *Lymneus*-Arten betrifft, so fand sich erstens ein bauchiger fast kugeliger *Lymneus* als Steinkern, der durch das kurze Gewinde und den schmalen Umschlag des äusseren

Mundsaumes dem *Limneus bullatus* Klein (Sandberger, Die Conchylies des Mainzer Tertiärbeckens, p. 66, Tab. 7, Fig. 3) nahe steht. Zweitens ein Steinkern eines anderen bauchigen *Limneus*, welcher Analogien mit dem lebenden *Limneus auricularis* Drap. erkennen lässt. Eine genauere Bestimmung war auch hier unmöglich. Es fanden sich ferner durch Zusammendrückung völlig entstellte, meistens fragmentarische Exemplare einer dünnschaligen Schnecke mit fünf glatten gewölbten Umgängen, welche in der Gestalt Ähnlichkeit mit manchen Formen von *Vivipara, Valvata, Leptopoma* verräth. Nähere Aufschlüsse waren auch hier eine Unmöglichkeit. Besser erhalten war eine ebenfalls zur Papierdünne zusammengedrückte *Planorbis*, deren Form manche Ähnlichkeit mit *Planorbis applanatus* Thom. verrieth. Endlich fand sich noch ein 4 Millim. grosser dicker Gastropodendeckel, dessen spiralige Aussenfläche seicht, rund und von einem dicken concentrisch gestreiften Saum eingefasst ist. In dieser Beziehung nähert sich dieses Petrefact einigermassen den Deckeln von *Nematura* Bens.

Ausser diesen erfüllen in ungeheuren Massen ganze Gesteinsschichten die kleinen Schalen einer *Cypris*, die jedoch nur in Steinkernen und gewöhnlich so zusammengedrückt sind, dass an eine nähere Bestimmung derselben nicht gedacht werden kann.

Oft ist ein wahrer pflanzlicher Detritus damit vermischt, was auf starke zersetzte und zerriebene Pflanzenreste in diesem lacustern Absatz hinweiset.

Wie begreiflich, konnte es nicht fehlen, dass unter diesen Exuvien thierischer und pflanzlicher Organismen auch Spuren von Insecten sich vorfanden. Obgleich sehr spärlich, waren darunter doch einige Coleopteren und eine Hymenoptere zu erkennen. Dieselben waren theils bekannte, theils noch unbeschriebene Arten.

Zu den Coleopteren gehört

Hydrophilus vexatorius Heer.

Tab. XVI, Fig. 17.

O. Heer charakterisirt ihn in seiner Insectenfauna der Tertiärgebilde von Öningen und von Radoboj in Croatien, I, p. 17, Taf. 1 in folgender Weise:

H. elytris magnis, singulis lanceolatis, late marginatis subtiliter striatis, striis subtilissime punctatis.

Unsere Figur stimmt mit der von O. Heer beschriebenen und abgebildeten Flügeldecke von *Hydrophilus vexatorius* in allen Punkten überein, übertrifft aber dieselbe etwas an Grösse. Während die aus Oeningen stammenden Flügeldecken dieser Käferart in der Länge 14⅝''' und 5⅛''' in der Breite, von einem zweiten Exemplare 15¼''' in der Länge und 5½''' in der Breite messen, hat die Flügeldecke aus Kumi 17''' (37 Millim.) Länge und 6¼''' (14 Millim.) Breite.

Umriss, Streifung, so wie Anzahl und Beschaffenheit der Streifen, den breiten flachen Saum am äussern Rande hat unser Fossil mit *Hydrophilus vexatorius* gemeinsam. An dem Abdrucke, welcher durch die braune dunkle Farbe auf dem lichten Gesteine sehr hervortritt, ist von der Hornsubstanz noch viel erhalten; auch fällt es auf, wie flach die Flügeldecke auf dem Gestein ausgebreitet ist, allein einige Querrunzeln verrathen, dass hier dennoch einige Pressung stattgefunden hat, und obgleich dieselbe ursprünglich ziemlich flach war, doch erst in Folge der Veränderung zu einer fast ebenen Fläche ausgebreitet wurde.

O. Heer vergleicht diese fossile *Hydrophilus*-Art mit mehreren Arten der wärmeren Zone, namentlich gibt er auch *Hydrophilus aculeatus* Dej. vom Senegal als Verwandten an.

Calosoma exscrobiculatum Heer?

Tab. XVI, Fig. 19.

O. Heer, Fossile Calosomen, VI. 5, Fig. 4 *a*, *b*.

Hier in Kumi nur in einem Bruchstücke der Flügeldecke, Fig. 19, vorhanden. Zur Verdeutlichung diene die beigefügte Vergrösserung 19*.

Helops atticus L. Rettb.

Tab. XVI, Fig. 18.

Eine ziemlich wohl erhaltene Flügeldecke vom 16 Millim. Länge und 5 Millim. Breite, an der sich 30 fein punktirte Streifen zählen lassen, Fig. 18*. Dieses Insect hat nach der Angabe des Herrn Directors L. Redtenbacher Ähnlichkeit mit *Helops giganteus* Kraatz aus Griechenland und zum Theil auch mit *Helops Peironis* Reiche vom Taurus.

Bombus pristinus Roghf.

Tab. XVI, Fig. 20.

Nach Herrn Rogenhofer der Vorderflügel einer Hummel. Der Aderverlauf stimmt mit dem Flügelgeäder unserer jetzt lebenden *Bombus*-Arten fast genau überein; auch kann man ganz gut den faltigen Aussenrand erkennen.

Leider lässt sich aus dem unvollkommenen Reste nichts Sicheres über die Verwandtschaft dieser fossilen Art mit den jetzt lebenden Arten sagen. In Bezug auf Grösse stimmt sie mit unseren *Bombus terrestris* am meisten überein.

So viel ist uns von den Fossilresten der Localität Kumi und seiner nächsten Umgebung bisher bekannt geworden.

Allein die gleichen oder ähnlichen Ablagerungen finden sich sehr weit über einzelne Theile Griechenlands, der Sporaden, ja selbst auf dem asiatischen Continent verbreitet. Mit Ausnahme von einigen Punkten sind dieselben jedoch wenig oder gar nicht untersucht, obgleich auch sie wichtige paläontologische Aufschlüsse zu geben versprechen, wenn man sich ihrer nur näher annehmen wollte.

Am zugänglichsten dürfte wohl Oropo in Böotien sein, welches gleichfalls von Gaudry besucht wurde, so wie die Inseln Chelidhromi und Mytilene, welche letztere durch ihre Lager von verkieselten Hölzern bekannt ist, und von denen in meinem Werke „Gen. et spec. plant. foss." mehrere beschrieben wurden.

Die reichhaltigste Ausbeute würde jedoch ohne Zweifel die Gegend von Nimrum am Südabhange des cilicischen Taurus liefern, wo Herr Kotschy das Ausbeissen derselben pflanzenführenden Schichten entdeckte [1]).

Gehen wir nun zur übersichtlichen Betrachtung der auf den folgenden Blättern näher beschriebenen und bezeichneten fossilen Pflanzen der Umgebung von Kumi über.

Während es mir früher nur gelang 56 Arten zu bezeichnen, auch Brongniart nur 30 Arten von derselben Localität zu erkennen glaubte, sind hier nun im Ganzen 115 Arten unterschieden, von denen der grössere Theil neu, und nur ein kleiner Theil solche Pflanzen enthält, die auch in anderen Localitäten der Miocänformation von Europa gefunden wurden.

---

[1]) Notiz über ein Lager Tertiärpflanzen im Taurus von F. Unger. Sitzungsb. d. k. Akad. d. Wiss. Bd. 11, p. 1076.

Eben durch diese vielen neuen Arten ist es fast unmöglich, genau den Horizont zu bezeichnen, welchen die entsprechenden europäischen Lager einnehmen. Ich habe früher durch die Übereinstimmung der griechischen Pflanzenreste mit jenen von Sotzka in Steiermark die Schichten von Kumi für eocän gehalten. Da sich jene aber nach genaueren Erforschungen sicher als mitteltertiär ergaben, so kann füglich die Flora von Kumi für nichts anders als für eine miocäne angesehen werden.

A. Gaudry glaubt die Säugethierreste von Pikermi eher zu den unteren pliocänen, als zu den oberen miocänen rechnen zu müssen. Lässt sich aus den Pflanzen von Kumi auf die Zeit ihrer Ablagerung schliessen, so würde ich eher geneigt sein, sie für mittelmiocän als für obermiocän, keineswegs aber für unterpliocän zu erklären, was jedoch mehr eine blos theoretische Ansicht ist, und sich sehr wohl damit verträgt, dass die Thiere von Pikermi gleichzeitig mit Pflanzen zusammen lebten, wie sie in den Mergeln von Kumi u. s. w. begraben liegen.

So wie in der Fauna jener Periode ein Reichthum von mannigfaltigen meist gigantischen Formen hervortritt, sehen wir in der entsprechenden Flora eine Mannigfaltigkeit sich entwickeln, welche nicht überall ihres Gleichen hat.

Aus der am Schlusse dieser Einleitung angehängten Übersicht ergibt sich, dass diese 115 Arten meist baum- und strauchartiger Gewächse nicht weniger als 40 verschiedenen Pflanzenfamilien angehören, worunter die Coniferen, Betulaceen, Cupuliferen, Laurineen, Sapindaceen, Juglandeen, Myrtaceen, Caesalpinieen und Mimoseen durch ihre baumartige Beschaffenheit den hervorragendsten Antheil einnehmen. Mit Recht konnte daher Gaudry in Voraussicht dessen sagen, „dass zu jener Zeit in Attica und über den ganzen Archipel bis nach Kleinasien Thäler mit der üppigsten Vegetation, fetten Weiden und prachtvollen Wäldern sich erstrecken mussten, während jetzt die dürren Berge Attica's kaum genug Nahrung für Bienen geben."

Wenn aus der Häufigkeit oder dem minder zahlreichen Auftreten der Reste von Pflanzenarten ein Schluss auf das gesellige oder mehr sporadische Vorkommen derselben zur Zeit ihres Daseins erlaubt ist, so müssen hier von allen zwei oder drei Eichenarten *(Quercus Lonchitis, Quercus mediterranea),* ferner eine Hainbuche *(Carpinus betuloides),* so wie *Sapindus graecus* als diejenigen bezeichnet werden, die höchst wahrscheinlich in grösseren Beständen wuchsen und Wälder bildeten. Die Natur dieser Bäume deutet auf mehr lichte als dunkle Wälder, in deren Schatten noch reichliches Unterholz gedeihen könnte, als welches hier vor Allem der mehr strauch- als baumartige *Glyptostrobus* zu nennen ist. Es ist mehr als wahrscheinlich, dass die hier zu gleicher Zeit vorhandenen Nadelhölzer eine untergeordnete Stellung in der Vegetation einnahmen, und nur sporadisch in dem Laubholze vorkamen. Ob auch die Straucharten gruppenweise vertheilt waren, hier Myriceen, dort Grevilleen, da Celastrinen, dort Rhamneen u. s. w., lässt sich auch nicht annäherungsweise als wahrscheinlich angeben, obgleich die Buschvegetation jedenfalls einen bedeutenden Factor in der Flora von Kumi ausmachen musste.

Auffallend ist das Fehlen aller grasartigen Pflanzen und der Farnkräuter. Zwar finden sich einige Spuren, die auf schilfartige Pflanzen hindeuten, doch fehlen ohne Weiters alle jene Gräser, welche doch wahrscheinlich die offenen Plätze und Ebenen bedeckt haben werden, und die sicher den Grasfressern zum Unterhalt dienten. Wir können diesen Mangel nur dadurch erklären, dass die Reste dieser Pflanzen sich wenig geeignet haben, durch Wasser und Wind von ihren Standorten weggeführt und in Sümpfe und Buchten getragen zu werden, wo sie nur allein die Mittel finden konnten, nicht aufgelöst und vernichtet, sondern erhalten zu werden.

Einen anderen Grund scheint das gänzliche Fehlen der Farnkräuter gehabt zu haben. Fast nirgends, wo wir in Tertiärschichten Pflanzenreste aufdeckten, hat es an Fragmenten von Farnkräutern gefehlt. Mit abgeworfenen Blättern, Ästen u. s. w. von baum- und strauchartigen Pflanzen haben sich auch Bruchstücke von Farnwedeln eingefunden. Wenn dieselben daher in Kumi gänzlich mangeln, so deutet das eher auf ein absolutes Fehlen derselben in der Flora, als auf ein zufälliges nicht Erhaltensein, und dies kann wieder nur in eigenthümlichen Local- und klimatischen Verhältnissen, namentlich in dem Mangel genügender Feuchtigkeit seinen Grund haben. Es dünkt mich daher, dass die Vegetation von Kumi sich über ein trockenes, dürres Land ausbreitete, welchem tiefschattige Wälder, feuchte Schluchten, von Gewässern durchschnittene Ebenen u. s. w. fehlten.

Die Stelle des heutigen Archipels muss ein sonniges, offenes, von niederen Hügeln durchzogenes Land zur Tertiärzeit eingenommen haben.

Überblickt man die mannigfaltigen so verschiedenen Gewächsarten angehörenden Pflanzenreste von Kumi, so fällt es auf, dass die bei weitem grössere Mehrzahl Pflanzen mit kleinen ovalen, elliptischen, lanzettlichen und linearen Blättern angehören, und dass alle grösseren und breiten Blattformen so gut als gänzlich fehlen. Auch zusammengesetzte Blätter, die jedoch immer nur in ihren Theilblättchen erscheinen, sind eben nicht selten. Bis auf wenige Ausnahmen gehören indess alle diese Blätter zu den derben, lederartigen; nur wenige kann man als hautartig bezeichnen, und diese müssen solchen Gattungen zugeschrieben werden, deren Angehörige in der Regel ihre Blätter periodisch abwerfen, wie das bei *Almus, Carpinus, Populus, Acer* u. s. w. der Fall ist. Dass diese letzteren in Minderzahl an der Zusammensetzung dieser fossilen Flora Theil nahmen, deutet jedenfalls auf Verhältnisse, wie sie noch jetzt in Griechenland und Kleinasien vorkommen, aber in noch grösserem Maasse den wärmeren Ländern eigen sind, wo keineswegs ein Wechsel von kalten und warmen, wohl aber ein Wechsel von trockener und feuchter Jahreszeit stattfindet. Wir dürfen uns daher nicht wundern, wenn mitten unter den Bäumen und Sträuchern mit immergrünen und nicht periodisch abfallenden Blättern auch solche vorkommen, welche ihr Laub, wie es scheint, regelmässig abwarfen, da ja überhaupt der Blattfall weniger durch klimatische Einflüsse, als durch den Bau und die Beschaffenheit der betreffenden Organe bedingt ist.

Nicht zu übersehen ist es, dass unter den Vegetabilien dieser Flora auch solche vorkommen, welche Beer- und Steinfrüchte trugen, wie das namentlich bei den Sapotaceen, Laurineen, Oleaceen und Sapindaceen der Fall ist. Zwei *Sideroxylon*-Arten, ferner ein *Nephelium* war ganz geeignet, den pentelischen Affen (*Semnopithecus Pentelici* Wagn.) mit passender Nahrung zu versehen, während die Rüsselthiere von anderen Früchten lebten, und die Giraffen an den Blättern und Zweigen von Acacien und Mimosen ihr passendes Futter fanden.

Von grösster Wichtigkeit bleibt jedoch immerhin die Bestimmung des Charakters dieser fossilen Flora. Um diesen ausfindig zu machen, müssen wir vor Allem auf die Gruppen und Familien unser Auge werfen, welche in derselben repräsentirt sind.

Von den 40 Familien der Flora von Kumi sind nur die Familie der Coniferen, der Cupuliferen, der Laurineen, Proteaceen, Sapotaceen, Ebenaceen, Celastrineen, Ilicineen und

12   *Dr. F. Unger.*   [36]

Leguminosen durch mehrere Gattungen vertreten, indess den übrigen Familien nur eine oder die andere Gattung zukommt, obgleich auch mehrere derselben, wie die Myriceen, Moreen, Myrsineen, Sapindaceen, Ilicineen, Anacardiaceen, Myrtifloren und Mimoseen gerade auf den Charakter der Flora den meisten Einfluss ausüben.

Mit Ausnahme einiger *Pinus-*, *Alnus-*, *Planera-*, *Carpinus-* und *Populus-*Arten tragen wohl alle anderen das Gesicht von subtropischen und tropischen Gewächsen, und wenn man nach ihren Verwandten frägt, finden sich dieselben nur in wärmeren Ländern. Es geht dadurch deutlich hervor, dass die fossile Flora von Kumi ein wärmeres Klima als das heutige von Griechenland und Kleinasien zu ihrer Entwickelung bedurfte, nur möchte es sehr schwer sein, die mittlere Jahrestemperatur für dieselbe anzugeben.

Aus den Detailuntersuchungen, auf die ich hier hinweise, geht übrigens hervor, dass die verwandten Arten, mit denen die fossilen Arten zunächst verglichen werden können, zwar allen Theilen der Erde angehören, namentlich Mittel- und Süd-Asien, Neu-Holland und den oceanischen Inseln, Nord- und Süd-Afrika, Nord- und Süd-Amerika und Süd-Europa, dass aber in vorwaltender Richtung Süd-Afrika, insbesonders das Capland und Port Natal als die am besten bekannten, in den Kumi-Pflanzen ihre Ebenbilder besitzen. Eine übersichtliche Zusammenstellung sämmtlicher fossiler Arten der Flora von Kumi und der ihnen zunächst verwandten lebenden Pflanzenarten zeigt den afrikanischen und zum Theil australasischen Charakter derselben am besten.

Um denselben besser hervorzuheben sind alle jene Arten, deren analoge Arten Afrika und Neu-Holland angehören, mit gesperrter Schrift gedruckt.

Arten der fossilen Flora von Kumi	Analoge Arten der Jetztwelt	
Callitris Brongniarti End. sp.	*Callitris quadrivalvis* Vent.	Nord-Afrika.
Glyptostrobus europaeus Brongn. sp.	*Glyptostrobus heterophyllus* Endl.	China.
Pinus holothana Ung.	*Pinus insignis* Dougl.	Californien.
„ *megalopsis* Ung.	„ *excelsa* Wall.	Mittel-Asien.
„ *Neptuni* Ung.	„ *Llaveana* Sch. & Depp.	Mexiko.
„ *Pinastroides* Ung.	„ *Pinaster* L.	Süd-Europa.
„ *Hampeana* Ung.	„ *mitis* Michx.	Nord-Amerika.
„ *furcata* Ung.	„ *banksiana* Lamb.	„
Sequoia Langsdorfi Brongn. sp.	*Sequoia gigantea* Endl.	„
Podocarpus Taxites Ung.	*Podocarpus* sp.	Süd-Afrika.
Myrica vindobonensis Ettingsh. sp.	*Myrica serrata* Lam.	Süd-Afrika, Cap.
Alnus Sporadum Ung.	*Alnus* sp.	Europa.
„ *Cycladum* Ung.	„ „	„
Planera Ungeri Ettingsh.	*Planera Richardi* Mich.	Mittel-Asien.
Carpinus betuloides Ung.	*Carpinus* sp.	Europa.
Quercus kamischinensis Göpp. sp.	*Quercus callophylla* Schldl.	Mexiko.
„ *Lonchitis* Ung.	„ *lancifolia* Schiede.	„
„ *furcinervis* Rossm. sp.	„ sp.	—
„ *cyclophylla* Ung.	„ *crassifolia* Hum. & Bonp.	Mexiko.
„ *mediterranea* Ung.	„ *pseudo-coccifera* Defr.	Nord-Afrika.
„ *Zoroastri* Ung.	„ *persica* Spach.	Mittel-Asien.
Fagus pygmaea Ung.	*Fagus obliqua* Mirb.	Chili.
Ficus Aglajae Ung.	{ *Ficus cordato-lanceolata* Hochst.	Abyssinien.
	„ *cordata* L.	Cap.
Cinnamomum lanceolatum Ung. sp.	*Cinnamomum* sp.	—
„ *Scheuchzeri* Heer.	„	—

Arten der fossilen Flora von Kumi	Analoge Arten der Jetztwelt	
Cinnamomum subrotundum Heer.	*Cinnamomum* sp.	—
„ *Rossmässleri* Heer.	„	—
Laurus Lalages Ung.	*Laurus* sp.	—
„ *primigenia* Ung.	„	—
„ *princeps* Heer.	„	—
Laurinastrum dubium Ung.	*Cryptocaria angustifolia.*	—
Stenocarpites anisolobus Brongn.	*Stenocarpus sinuatus* End.	Neu-Holland.
Hakea attica Ung.	*Hakea Laurina* R. Br.	„
Protea graeca Ung.	*Protea* sp.	„
Persoonia euboea Ung.	*Persoonia daphnoides.*	„
Grevillea kymeana Ung.	*Grevillea oleoides* Sieb.	„
„ *Pandorae* Ung.	„ sp.	„
Dryandra Thesei Ung.	*Dryandra* sp.	„
„ *Ungeri* Ettingsh.	„ „	„
Dryandroides hakeaefolia Ung.	„ „	„
Banksia Solonis Ung.	*Banksia serrata* R. Br.	„
Embothrium salicinum Ung.	*Embothrium* sp.	„
„ *boreale* Ung.	„ „	„
	(*Olea exasperata* Jacq.	Cap.
Olea Noti Ung.	{ „ *divaricata.*	„
	(„ *verrucosa.*	„
	—	—
Elaioides ligustrina Ung.		
Apocynophyllum Carissa Ung.	*Carissa edulis* Vahl.	Cap.
Neritinium longifolium Ung.	*Nerium* sp.	—
Asclepias Podalyrii Ung.	*Asclepias linifolia* Lagas.	Mexiko.
Myrsine graeca Ung.	*Myrsine crassifolia* R. Br.	Neu-Holland.
„ *Selenes* Ung.	„ sp.	—
„ *grandis* Ung.	„ sp.	—
Sideroxylon Putterliki Ung.	*Sideroxylon mite* Willd.	Cap.
„ *hepios* Ung.	„ *inerme* Lin.	
Chrysophyllum atticum Ung.	*Chrysophyllum ebenaceum* Mart.	Brasilien.
„ *olympicum* Ung.	„ *martianum* DC.	„
Bumelia kymeana Ung.	*Bumelia tenax* Willd.	Nord-Amerika.
„ *Oreadum* Ung.	„ *retusa* Sow.	Mittel-Amerika.
„ *minor* Ung.	„ *retusa* Sow.	„
Euclea relicta Ung.	*Euclea desertorum* Ekl.	Cap.
Royena graeca Ung.	*Royena brachiata* E. M.	„
„ *Amaltheae* Ung.	„ *hirsuta* L.	„
„ *Euboea* Ung.	„ *cuneifolia* E. M.	„
„ *Myosotis* Ung.	„ *angustifolia* W.	„
„ *Pentelici* Ung.	„ *glabra* Lin.	„
Andromeda protogaea Ung.	*Andromeda coriifolia* DC.	Brasilien.
Cussonia polydrys Ung.	*Cussonia thyrsiflora* Thbg.	Cap.
	Acer rubrum Ehr.	Nord-Amerika.
Acer trilobatum A. Braun.	{ „ *dasycarpum* Ehr.	„
Sapindus graecus Ung.	*Sapindus* sp.	Süd-Afrika.
Nephelium Jovis Ung.	*Nephelium* sp.	Philippinen-Inseln.
Pittosporum ligustrinum Ung.	*Pittosporum ligustrifolium* A. Cung.	Neu-Holland.
Celastrus Persei Ung.	*Celastrus Schimperi* Stdl.	Abyssinien.
„ *oxyphyllus* Ung.	„ *acuminatus* Lin.	Cap.
„ *graecus* Ung.	„ sp.	Süd-Afrika.
Ilex cyclophylla Ung.	*Ilex* sp.	—
„ *neogena* Ung.	„ „	—
„ *ambigua* Ung.		
Prinos Euboeos Ung.	*Prinos verticillatus* Lin.	Nord-Amerika.
Rhamnus brevifolius A. Braun.	*Rhamnus tetragonus.*	Cap.

Arten der fossilen Flora von Kumi	Analoge Arten der Jetztwelt	
Juglans attica Ung.	*Juglans* sp.	—
Carya bilinica Ung.	*Carya* sp.	Nord-Amerika.
Rhus Helladotherii Ung.	*Rhus viminalis* Vahl.	Cap.
„ *Antilopum* Ung.	„ sp.	—
Amyris Berenices Ung.	*Amyris nana* Roxb.	Mittel-Asien.
„ *Canopi* Ung.	„ *maritima* Lin.	—
Omphalobium relictum Ung.	*Omphalobium discolor* Lond.	Süd-Afrika.
Terminalia radobojana Ung.	*Terminalia* sp.	—
Myrtus paradisiaca Ung.	*Myrtus angustifolia* Hort.	Süd-Europa.
Prunus aegaea Ung.	*Prunus* sp.	Mittel-Asien.
Eucalyptus aegaea Ung.	*Eucalyptus meliodora.*	Neu-Holland.
Callistemon eocenicum Ettingsh.	*Callistemon lanceolatum* DC.	„
Rhynchosia populina Ung.	*Rhinchosia gibba* E. M.	Cap.
„ *Ammonia* Ung.	„ *pilosa* Harv.	Süd-Afrika.
„ *Isidis* Ung.	„ *glandulosa* DC.	Cap.
„ *Osiridis* Ung.	„ *puberula* Harv.	Süd-Afrika.
Glycine glycyside Ung.	*Glycine Schimperi* Hochst.	Abyssinien.
Caesalpinia antiqua Ung.	*Caesalpinia* sp.	China.
„ *europaea* Ung.	„ „	Mexiko.
Cassia aegaea Ung.	*Cassia coromandeliana* Jacq.	Süd-Asien.
„ *Memnonia* Ung.	„ sp.	—
„ *vetula* Ung.	„ *rugosa* Don.	Brasilien.
Copaifera kymeana Ung.	*Copaifera* sp.	—
Bauhinia olympica Ung.	*Bauhinia* sp.	—
Prosopis graeca Ung.	*Prosopis phyllanthoides* Popp.	—
„ *kymeana* Ung.	„ *Siliquastrum.*	—
Acacia prisca Ung.	*Acacia* sp.	Süd-Afrika.
Mimosa Medeae Ung.	*Mimosa* sp.	„
Inga Icari Ung.	*Inga semialata* Mart.	Brasilien.

Hier fallen insbesonders die *Myrica*-Arten, die *Proteaceen*, die *Myrsine-*, *Sideroxylon-*, *Euclea-*, *Royena-*, *Celastrus-*, *Rhamnus-*, *Omphalobium-* und *Rhynchosia*-Arten ins Gewicht. Von den Proteaceen kommen gegenwärtig die mit Balgfrüchten versehenen zwar nicht in Afrika vor, es ist aber sehr die Frage, ob die dafür angesehenen Pflanzenreste nicht vielmehr den Myriceen zuzuschreiben sind, die allerdings in Afrika nicht sparsam vertreten sind. Eben so gehört *Euclea* und *Royena*, die durch mehrere fossile Arten in zahlreichen Exemplaren vertreten sind, gleichfalls zu den entschieden südafrikanischen Pflanzen. Dasselbe gilt auch von *Rhynchosia* und *Cussonia*.

Fassen wir die durch ihre afrikanischen und australischen Verwandten ausgezeichneten Pflanzen zusammen, so erhalten wir von 115 Arten 47 Arten, d. i. über 40 Procent. Es kann demnach keinen Widerspruch finden, wenn wir den Charakter der Flora von Kumi als südafrikanisch-australasischen bezeichnen.

Es liegt uns nun noch ob, dieses Ergebniss der pflanzenpaläontologischen Forschung mit den Resultaten zusammenzustellen, welche die Untersuchung der Thierreste von Pikermi dargeboten haben, und die A. Gaudry in seinem Werke „Animaux fossiles et géologie de l'Attique d'après les recherches faites en 1855—1856 et en 1860. Paris 1862. 4⁰.“ so meisterhaft geliefert hat. In dem genannten Werke werden von den Vierhändern 1 Art, von den Raubthieren 15, von den Nagethieren 1, von den Zahnlosen 1, von den Dickhäutern 10, von den Hufthieren 1, von den Wiederkäuern 14 Arten angeführt. Dazu kommen noch 5 Arten Vögel, 2 Arten Reptilien und eine Landschnecke, die mit den Knochen jener Thiere zusammen eingebettet wurde, während sicherlich die grössere Menge dieser leichteren Knochen von den Fluthen weiter getragen wurde. Raubthiere und Wiederkäuer halten sich beinahe das Gleichgewicht. Der ungeheure Bedarf an Kräutern würde bald alle Grasflächen verödet haben, wenn den Grasfressern nicht durch Raubthiere Grenzen in der all zu grossen Vermehrung gestellt worden wären. Mastodonten und Dinotherien bedurften verhältnissmässig allerdings sehr vieler Nahrung, allein dieselbe wurde grösstentheils von Bäumen genommen, so wie sich auch jetzt die Elephanten ihren Nahrungsbedarf theils aus der Erde, theils von Bäumen holen. Desgleichen nur von strauch- und baumartigen Vegetabilien lebten auch die Girafen, so dass also die Grasflächen allein den zahlreichen Antilopen und dem riesigen *Helladotherium* übrig blieben.

Dem Charakter nach hat diese Thierwelt, wie leicht ersichtlich, durchaus keine Ähnlichkeit mit den jetzigen diese Gegenden bewohnenden Säugethieren, mehr mit jenen wärmerer Klimate überhaupt, vorzüglich aber mit der Säugethierwelt Afrika's und namentlich mit jenen von Süd-Afrika. Die Hyäne gleicht nicht der asiatischen, sondern der afrikanischen, die Girafe hat nicht das Aussehen und die Grösse der nubischen und der vom Senegal, sondern gleicht mehr jener vom Cap der guten Hoffnung. Die zahlreichen Arten von Antilopen haben die grösste Übereinstimmung mit jenen von Mittel- und Süd-Afrika. Sowohl die Pachydermen als die Ruminantien gehören den Gattungen der afrikanischen Fauna an, jedoch zeigen sich dabei wieder Eigenthümlichkeiten, die auf eine grössere Gemeinschaft hinweisen, so der Charakter der Fleischfresser und Affen, der mit jenem der indischen Arten, der Charakter der Antilopen, der in Bezug auf die Lage der Hörner mehr mit dem amerikanischen als mit dem afrikanischen Typus übereinkommt.

Es zeigt sich somit eine vollständige Übereinstimmung der Fauna und Flora dieser Periode und deutet darauf hin, dass Afrika noch keineswegs so abgesondert von Europa lag, wie gegenwärtig, sondern dass eine innige Verbindung beider stattfand, welche den dermaligen Charakter jenes grossen Welttheiles bis über das mittlere Europa hinaus zur Geltung brachte.

Was die Anklänge der Flora sowohl als der Fauna von Asien und Amerika betrifft, so ist hieraus eben jener allgemeine noch wenig ins Specielle ausgeführte Charakter der organischen Welt zu ersehen, der sich wahrscheinlich erst nach grösserer Scheidung und Isolirung der Ländermassen ausbildete.

Indem weder in dieser so wie in der unmittelbar vorhergehenden Schöpfungsperiode irgend ein bestimmter Theil der Erde bevorzugt gewesen ist, aus sich die weitere Entwickelung des organischen Lebens zu veranlassen, finden wir auch das Seminarium der Thier- und Pflanzenwelt überall gleichmässig verbreitet, und es bedurfte jedenfalls neuer anregender Momente, um endlich jedem derselben einen besonderen Entwickelungsgang vorzuzeichnen und so seinen specifischen Charakter zu begründen.

Zunächst soll im Folgenden eine Übersicht der fossilen Flora von Kumi gegeben werden, an die sich der specielle Theil, die Beschreibung der einzelnen Arten, anschliessen wird.

Übersicht der fossilen Flora von Kumi.

Algae.

Sphaerococcites tenuis Ung.

Gramineae.

Phragmites Oeningensis Heer.

Smilaceae.

Smilax Schmidti Ung.

Coniferae.

Cupressineae.

Callitris Brongniarti Endl. sp.
Glyptostrobus europaeus Brongn. sp.

Abietineae.

Pinus holothana Ung. (foliis ternis).
   „   *megalopsis* Ung. (foliis quinis).
   „   *Neptuni* Ung. (foliis binis).
   „   *Pinastroides* Ung. (foliis binis).
   „   *Hampeana* Ung. (foliis binis).
   „   *furcata* Ung. (foliis binis).
Sequoia Langsdorfi Brongn. sp.

Podocarpeae.

Podocarpus Taxites Ung.

Juliflorae.

Myriceae.

Myrica vindobonensis Ett. sp.

Betulaceae.

Alnus Sporadum Ung.
   „   *Cycladum* Ung.

Ulmaceae.

Planera Ungeri Ettingsh.

Cupuliferae.

Carpinus betuloides Ung.
Quercus kamischinensis Goepp. sp.
   „   *Lonchitis* Ung.
   „   *furcinervis* Rossm. sp.
   „   *cyclophylla* Ung.
   „   *mediterranea* Ung.
   „   *Zoroastri* Ung.
Fagus pygmaea Ung.

Moreae.

Ficus multinervis Heer.
   „   *Dombeiopsis* Ung.
   „   *Aglajae* Ung.

Salicineae.

Populus attenuata A. Braun.

Thymeleae.

Laurineae.

Cinnamomum lanceolatum Ung. sp.
   „   *Scheuchzeri* Heer.
   „   *subrotundum* Heer.
   „   *Rossmässleri* Heer.
   „   *Buchi* Heer.
Laurus Lalages Ung.
   „   *primigenia* Ung.
   „   *princeps* Heer.
Laurinastrum dubium Ung.

Proteaceae.

Hakea attica Ung.
Protaea graeca Ung.
Persoonia euboea Ung.
Grevillea kymeana Ung.
   „   *Pandorae* Ung.
Dryandra Thesei Ung.
   „   *Ungeri* Ettingsh.
Banksia Solonis Ung.
Dryandroides hakeaefolia Ung.
Embothrium salicinum Heer.
   „   *boreale* Ung.
Stenocarpites anisolobus Brongn.

Contortae.

Oleaceae.

Olea Noti Ung.
Elaioides ligustrina Ung.

Apocyneae.

Apocynophyllum Carissa Ung.
Neritinium longifolium Ung.

Asclepiadeae.

Asclepias Podalyrii Ung.

Petalanthae.

Myrsineae.

Mrsine graeca Ung.
   „   *Selenes* Ung.

Sapotaceae.

Sideroxylon Putterliki Ung.
   „   *hepios* Ung.
Chrysophyllum olympicum Ung.

Bumelia minor Ung.
     „   *grandis* Ung.

Ebenaceae.

Euclea relicta Ung.
Royena graeca Ung.
     „   *Amaltheae* Ung.
     „   *Euboea* Ung.
     „   *myosotis* Ung.
     „   *Pentelici* Ung.

Bicornes.

Ericaceae.

Andromeda protogaea Ung.

Anonaceae.

Anona lignitum Ung.

Malpighiaceae.

Malpighiastrum gracile Ung.

Discanthae.

Araliaceae.

Cussonia polydrys Ung.

Acerae.

Acerineae.

Acer trilobatum A. Braun.

Sapindaceae.

Sapindus graecus Ung.
Nephelium Jovis Ung.

Frangulaceae.

Pittosporeae.

Pittosporum ligustrinum Ung.

Celastrineae.

Celastrus Persei Ung.
     „   *oxyphyllus* Ung.
     „   *graecus* Ung.

Ilicineae.

Ilex cyclophylla Ung.
     „   *neogena* Ung.
     „   *ambigua* Ung.
Prinos Euboeos Ung.

Rhamneae.

Rhamnus brevifolius A. Braun.

Terebinthineae.

Juglandeae.

Juglans attica Ung.
     „   *acuminata* Ung.
Carya bilinica Ung.

(Unger.)

Anacardiaceae.

Rhus eleodendroides Ung.
     „   *Helladotherii* Ung.
     „   *Antilopum* Ung.

Burseraceae.

Amyris Berenices Ung.
     „   *Canopi* Ung.

Coneraceae.

Omphalobium relictum Ung.

Calyciflorae.

Combretaceae.

Terminalia radobojana Ung.

Myrtiflorae.

Myrtaceae.

Myrtus paradisiaca Ung.
Eucalyptus aegaea Ung.
Callistemon eocenicum Ettingsh.

Rosiflorae.

Amygdaleae.

Prunus aegaea Ung.

Leguminosae.

Phaseoleae.

Glycine glycyside Ung.
Rhynchosia populina Ung.
     „   *Ammonia* Ung.
     „   *Isidis* Ung.
     „   *Osiridis* Ung.

Caesalpineae.

Bauhinia olympica Ung.
Copaifera kymeana Ung.
Caesalpinia antiqua Ung.
     „   *europaea* Ung.
Cassia agaea Ung.
     „   *Memnonia* Ung.
     „   *vetula* Ung.

Mimoseae.

Prosopis graeca Ung.
     „   *kymeana* Ung.
Acacia prisca Ung.
Mimosa Medeae Ung.
Inga Icari Ung.

CLASSIS CONIFERAE.

ORDO.

Cupressineae, Abietineae, Podocarpeae.

I. CUPRESSINEAE.

Callitris Brongniarti Endl. sp.

Tab. I, Fig. 1, 2.

Diese bis auf die Schweiz in den meisten Punkten der Tertiärformation Europa's vorgefundene fossile Pflanze scheint eben nicht sehr häufig um Kumi existirt zu haben, da ich von da nur wenige Exemplare erhielt. Einen schönen, wohlerhaltenen, mit männlichen Blüthenkätzchen und einer Frucht versehenen Zweig stellt Fig. 1 vor. Ausserdem ist in Fig. 2 noch eine isolirte Frucht dieses fossilen Baumes abgebildet.

Vergleicht man diese Fossilien mit den Fossilien derselben Art von Häring, Radoboj und Aix (Provence), so stimmen sie, was die Endtheile der Zweige betrifft, mit den gleichnamigen Theilen jener Pflanze bis auf unbedeutende Abweichungen vollkommen überein. In den unteren Theilen ist unser abgebildetes Fossil zu wenig gut conservirt, um die mehr in die Länge gezogenen Interfoliartheile gut erkennen zu lassen, indess geht selbst aus einer oberflächlichen Betrachtung hervor, dass auch hierin die vollkommenste Übereinstimmung mit den Pflanzen von Aix und Radoboj herrscht. Auch die Frucht lässt von der Tab. VI, Fig. 4 und 5 der „Chloris protogaea" gegebenen Abbildung der Radobojer Pflanze weder in Grösse noch in der Gestalt eine merkliche Abweichung erkennen.

Von Samen dieser Pflanze ist mir in Kumi nichts vorgekommen. Ich erinnere hierbei, dass die früher für Früchte gehaltenen Samen ohne Zweifel die Samen von *Callitris Brongniarti* sind, wie ich das in meiner Sylloge plant. foss. III, p. 66, Tab. XX, Fig. 8 und 9 höchst wahrscheinlich gemacht zu haben glaube.

Von der *Callitris quadrivalvis* Vent., einem Baume Nord-Afrika's scheint unser Fossil der Art nach dennoch verschieden zu sein.

In Fig. 1* ist der viermal vergrösserte Endtheil eines Zweiges dargestellt, an dem die Form der schuppenförmigen eng anliegenden Blätter und ihre Stellung deutlich ersichtlich sind.

Glyptostrobus europaeus Brongn. sp.

Tab. I, Fig. 3—11.

Diese strauch- oder baumartige Pflanze ist unstreitig die häufigste, welche man unter den Fossilien von Kumi bemerkt; sie muss aber auch im Lignitlager der unfernen Insel Chelidhromi (Ikos) sehr häufig sein, weil sie das auffallendste Petrefact war, welches Th. Virlet in den Dreissiger Jahren von einer geologischen Expedition in Griechenland mitbrachte.

Seit A. Brongniart dieselbe unter dem Titel *Taxodium europaeum* beschrieb, ist sie auch allenthalben in der Tertiärformation Europa's gefunden worden; so namentlich in vielen

Orten der Schweiz, Österreichs und Deutschlands. Ich gebe hier aus der reichen Sammlung von Kumi eine grosse Anzahl von Abbildungen sowohl dichter als lockerer Zweige und viele Früchte, an denen die Form der Schuppen, das Schuppenschild und die Kerbungen des Randes am besten sichtbar sind. Dieselben sind mit wenigen Ausnahmen ganz reif, meist sogar überreif mit abstehenden Schuppen, denen die Samen bereits entfallen sind. Männliche Kätzchen sind nirgends zu finden gewesen, daher die Fossilien wahrscheinlich in einer periodisch wiederkehrenden Katastrophe ihren Untergang gefunden haben. Dass diese Pflanze wie der verwandte *Glyptostrobus heterophyllus* Endl. jährlich seine unteren Zweige abwarf, ist mehr als wahrscheinlich und daraus vielleicht auch die Häufigkeit seines Vorkommens zu erklären. Ich habe schliesslich besonders darauf Acht gehabt, unter den zahlreichen Zapfen auch solche aufzufinden, deren Schilder ohne Kerbung sind, muss aber gestehen, dass ich deren unter meinem Materiale nicht gefunden habe. Es scheint demnach festzustehen, dass *Glyptostrobus Ungeri* Heer in der fossilen Flora von Kumi nicht vertreten ist.

II. ABIETINEAE.

Pinus holothana Ung.

Tab. II, Fig. 1—11.

P. strobilis ovatis speciosis ultra tres pollices longis, squamarum apophysi convexa rhombea carina transversa acuta, umbone centrali mucronula rotundata, foliis ternis elongatis rigidis facie interna canaliculata acute carinatis, seminibus sesquipollicem longis.

In formatione miocenica inferiore ad Kyme insulae Euboeae.

Wir besitzen dermalen unter den fossilen *Pinus*-Arten mehrere dreinadelige von der Abtheilung der *Taediformes*, darunter *Pinus Saturni* Ung., welche sich zunächst mit der mexikanischen *Pinus Teocote* Cham. & Schl., *Pinus rigios* Ung. mit *Pinus rigida* Müll. und *Pinus taedaeformis* Ung., welche mit *Pinus Taeda*, endlich *Pinus Göthana* Ung., welche Art sich mit keiner der lebenden Arten vergleichen lässt. Von allen diesen unterscheidet sich die vorstehende *Pinus*-Art, von welcher sowohl das Stück eines Zapfens, als zahlreiche Blätterbüschel vorhanden sind, bedeutend.

Dass die dreinadeligen Blätterbüschel zu diesen Zapfen gehören lässt sich aus dem Zusammenvorkommen an einer und derselben Fundstätte mit Wahrscheinlichkeit entnehmen.

Unser Zapfen, Fig. 1, muss eine bedeutende Grösse erreicht haben, wie dies ungefähr aus der restaurirten Zeichnung, Fig. 12, ersichtlich ist.

Unter den fossilen *Pinus*-Zapfen hat nur der von *Pinus Mettenii* Ung. (Iconogr. p. 5, Tab. XIII, Fig. 5) eine entfernte Ähnlichkeit; näher steht ihm der Zapfen von *Pinus Montezumae* Ung., namentlich in Bezug auf die Form der Schuppenschilder, doch gehört *P. Montezumae* zu den fünfnadeligen *Pinus*-Arten, und kann desshalb hier nicht in Vergleichung gezogen werden.

Von allen jetztlebenden Arten kommt demnach unserer fossilen Pflanze die californische *Pinus insignis* Dougl. am nächsten, bei welcher die Nadeln eben so breit und gekielt wie bei der fossilen Art sind, auch die Schuppenschilder ähnlich aussehen, bei der jedoch die Grösse des Zapfens weit hinter dem Maasse der fossilen Pflanze steht.

Weniger umfangreich ist allerdings jener fossile Zapfen, dessen ich früher (Ergebn. etc. p. 156) erwähnte, und der sich in der Sammlung der Petrefacten zu Athen befindet. Eine an

Ort und Stelle entworfene Zeichnung gibt Fig. 9. Ich habe dieses Petrefact damals mit *Pinus aequimontana* Ung. verglichen; es scheint mir jedoch gerathener, dasselbe mit dem vorstehenden Petrefact zu identificiren, insbesonders da die Schuppenschilder in ihrer Form bei beiden auffallend übereinstimmen.

Die zahlreich vorkommenden Nadelbüschel, von denen die Fig. 3—8 mehr oder weniger vollständige Ansichten geben, deuten unbezweifelt dahin, dass sie zu den vorstehenden Zapfen gehören. Die Nadeln sind 2 Millim. breit und erreichen eine Länge von ½ Fuss. Auch die Samen von besonderer Grösse, Fig. 10, mögen wohl keiner anderen als dieser Art angehört haben. Bruchstücke davon sind eben nicht selten. Endlich bringe ich auch noch hieher ein männliches Blüthenkätzchen, Fig. 11, mit der Vergrösserung Fig. 11*. Fig. 2 ist eine einzelne Schuppe des Zapfens.

Pinus megalopsis Ung.

Tab. XVI, Fig. 12, 13.

P. strobilis ovatis obtusis? squamis cuneatis apophysi dimidiata late rhombea obtusa, umbone terminali protracto linguaeformi acuto, foliis quinis elongato-filiformibus.

Pinus megalopsis Ung. Wiss. Ergebnisse einer Reise etc. p. 155, Fig. 3, 4.
? *Pinites Palaeostrobus* Ettingsh.

Terra lignitum prope Kyme insulae Euboeae.

Von dieser *Pinus*-Art sind bisher nur einzelne Schuppen gefunden worden, deren zwei in dem oben angeführten Werke abgebildet sind. Aus demselben ist der muthmassliche Zapfen zusammengesetzt gedacht. Fig. 12.

Vergleicht man dieselben mit lebenden Arten, so finden sich nur bei *Pinus excelsa* Wallr. und *Pinus Cembra* L. Ähnlichkeiten, da bei den übrigen Arten die Schuppen bei weitem kleiner als im Fossile sind.

Zu diesen Zapfen gehören fünf in einen Büschel vereinigte 5—6 Zoll lange fadendünne steife Nadeln, Fig. 13, welche sich weder bei der ersteren, noch bei der letzteren der genannten lebenden Arten finden, daher diese fossile Art eine von allen lebenden *Pinus*-Arten verschiedene Species darstellt.

Wahrscheinlich gehört die fünfnadelige *Pinus Palaeostrobus* Ett. von Häring zu obiger Art.

Pinus Neptuni Ung.

Iconographia, p. 29, tab. XV, fig. 4, 5.

Eine zweinadelige *Pinus*-Art. Aus einer verlängerten Scheide entspringen zwei verhältnissmässig dünne aber ungefähr 6 Zoll lange Nadeln. Ich fand sie bei meiner Aufsammlung in Kumi.

Pinus Pinastroides Ung.

Sylloge plant. foss. I, p. 10, tab. III, fig. 1—3.

Unter den Petrefacten, welche ich selbst in Kumi sammelte, befand sich auch ein Nadelbüschel von zwei langen und breiten Nadeln von einer kurzen Scheide umgeben. Soll dieses Fossil unverstümmelt sein und ursprünglich nicht aus drei Nadeln bestehen, so kann es nicht zu *Pinus holothana* gehören, sondern müsste den Nadelbüscheln von *Pinus Pinaster* verglichen werden. Ein dieser Art nahe kommender Zapfen wurde bereits als *Pinus Pinastroides* beschrieben. Es dürfte daher dieser Nadelzweig bis auf Weiteres zu *Pinus Pinastroides* gezogen werden.

Pinus Hampeana Ung.
Tab. II, Fig. 13—15.

Pitys Hampeana Ung. Chlor. prot. p. 76, tab. 20, fig. 1—3.

Kein fossiler *Pinus*-Zapfen steht diesem in letzter Zeit aus Kumi erhaltenen Fossile so nahe, als *Pinus Hampeana*, der bisher nur in einer einzigen Localität in Steiermark gefunden wurde. Das Schuppenschild war, wie aus einer isolirt vorhandenen Schuppe, Fig. 14, hervorgeht, quadratisch und mit einem Mucro versehen.

Ich möchte dieses Fossil eher mit *Pinus mitis* Michx. als mit *Pinus variabilis* Lamb. vergleichen.

Dazu gehören, wie aus den Samen eben dieser *Pinus*-Art hervorgeht, offenbar auch die drei Samen, Fig. 15, welche ich früher nach einem einzelnen Exemplare zu *Pinus centrotos* gestellt habe (Wiss. Ergebn. einer Reise, p. 157, Fig. 5). Es muss also diese Pflanzenart aus der fossilen Flora von Kumi entfallen.

Pinus furcatus Ung.
Tab. II, Fig. 16.

Pinites furcatus Ung. Iconogr. p. 27, tab. 14, fig. 9.

Dafür muss zu den beiden früher genannten zweinadeligen fossilen *Pinus*-Arten (*P. Neptuni* und *P. Pinastroides*) auch noch diese Art hinzugefügt werden, die sich durch die besondere Kürze der Nadeln auszeichnet, Fig. 16.

Ob diese fossile Art mit *Pinus banksiana* Lamb. oder mit *Pinus inops* Ait. zu vergleichen sei, muss so lange hingestellt bleiben, bevor man nicht die wahrscheinlich hiezu gehörigen Zapfen und Samen kennt.

Sequoia Langsdorfi Brongn. sp.
Tab. II, Fig. 17—23.

Von diesem in der Tertiärformation durch ganz Europa, Asien und Amerika verbreiteten Fossile liegen hier sowohl Zweiglein als reife Zapfen vor, die bisher noch an keiner anderen Localität gefunden wurden, und welche zeigen, wie nahe diese fossile Baumart mit der Gattung *Sequoia* übereinstimmt. Die Grösse der Früchte, Fig. 17—21, und die in eine Spitze auslaufenden Blätter, Fig. 22, 23, scheinen mir eine grössere Verwandtschaft mit dem Riesenbaume Californiens, der *Sequoia gigantea* Endl., als mit *Sequoia sempervirens* von der Nutka-Bai anzudeuten.

Es ist allerdings begreiflich, dass dieser Baum der Tertiärzeit, vielleicht die Mutterart der ersteren, sich über Van Couver, Alaska, Nord-Grönland und wahrscheinlich über ganz Sibirien verbreiten konnte, wie er sich aber über ganz Mittel-Europa, Nord-Italien bis Griechenland in seiner Verbreitung ausdehnen konnte, beweist nur die Gleichförmigkeit des Klima's jener Zeit über so weite Ländergebiete vom 38° n. B. bis 70° n. B. Es ist nicht unwahrscheinlich, dass die von mir als *Taxites phlegetonteus* von Radoboj beschriebene fossile Baumart hieher gehört.

Wie aus den Abbildungen ersichtlich, sind die Zapfen von länglich runder Form und erreichen die Länge eines Zolles. Die holzigen Schuppen sind fast kreisrund und mit einem Nagel versehen, womit sie an der Axe befestigt sind. Dadurch erlangen sie eine schildförmige Gestalt. Der Schild selbst ist runzlig, am Rande eingerollt, in der Mitte mit einer kurzen stumpfen Stachelspitze versehen. Von den beiden vorhandenen beblätterten Zweiglein liess sich von Fig. 22 noch eine vergrösserte Abbildung, Fig. 22* geben, woraus die Form sowohl als die Anheftungsweise der linearen Blätter deutlich ersichtlich ist.

III. PODOCARPEAE.

Podocarpus Taxites Ung.

Tab. II, Fig. 24, 25.

Von dieser bisher noch etwas zweifelhaften Art, von der nur einzelne Blättchen gefunden wurden,' liegen hier zwei Exemplare vor, deren Grösse dem Sotzkaer Petrefacte (Foss. Flora von Sotzka, Tab. II, Fig. 17) nicht ganz gleichkommt, obgleich die linear-lanzettliche Gestalt, der verdünnte Rand und die lederartige Beschaffenheit, so wie der kurze dicke Stiel und der starke Mittelnerv beiderlei Fossilien gemeinschaftlich ist.

CLASSIS **JULIFLORAE.**

ORDO.

Myriceae, Betulaceae, Ulmaceae, Cupuliferae, Moreae, Salicineae.

I. MYRICEAE.

Myrica vindobonensis Ettingsh. sp.

Tab. IV, Fig. 20—30.

M. foliis ovato- vel lineari-lanceolatis utrinque attenuatis breviter petiolatis membranaceis remote inciso dentatis, dentibus subaequalibus acutis, nervo primario valido, nervis secundariis tenuibus simplicibus.

Dryandra vindobonensis Ettingsh. Foss. Flora von Wien, p. 18, Taf. 3, Fig. 6.
Myrica vindobonensis Heer Flor. tert. Helv. II, p. 34, Tab. 70, Fig. 6, 7; III, p. 176, T. 130, Fig. 16, 17.

Diese bisher in der tertiären Flora von Wien und Öningen sparsam vorkommende Pflanzenart gehört zu den nicht seltenen Pflanzen von Kumi, und bietet daher eine grössere Übersicht der Formen dar, als die genannten beiden Localitäten. Von der eiförmig-lanzettlichen Gestalt, Fig. 24, 29, 30, wechselt das Blatt bis in das linear-lanzettliche, Fig. 25—27, ist oben und unten verschmälert und hat nur einen kurzen Blattstiel. Die Zähne des Randes sind bald grösser bald kleiner, sparsamer oder häufiger, einfach oder eingeschnitten, so dass im letzteren Falle eine Form hervorgeht, welche der meiner *Comptonia laciniata* (*Myrica Ungeri* Heer) nahe steht und wohl einen Übergang zu dieser Art bildet.

Der Primärnerv ist stark, dagegen sind die bogigen Secundärnerven zart, für jeden Zahn nach Umständen ein oder zwei, und dort, wo der Zahn gespalten ist, oft gabelförmig getheilt.

Entschieden sind diese Blätter nicht derb, sondern membranös, und kommen viel eher den *Myrica*-Arten als den Dryandren nahe.

Auch hier lässt sich die Verwandtschaft mit *Myrica serrata* Lam. vom Cap der guten Hoffnung nicht schwer herausfinden.

II. BETULACEAE.

Alnus Sporadum Ung.

Tab. III, Fig. 1—8.

A. strobilis aggregatis magnis elongatis e squamis ligescentibus apice incrassatis, foliis ellipticis apice retusis integerrimis breviter petiolatis penninerviis.

In formatione miocenica ad Kyme Insulae Euboeae.

In Kumi kommen zwei Arten von *Alnus* vor, die nach den vorhandenen Früchten zu urtheilen, mit zweien bereits in der Tertiärformation gefundenen Arten, nämlich mit *Alnus Kefersteinii* Ung. (*Alnites Kefersteinii* Goepp.) und *Alnus gracilis* Ung. ziemlich übereinstimmen, dagegen in den Blättern nicht wenig von denselben abweichen, so dass man beide Arten als verschieden von den genannten ansehen muss.

Was die vorstehende mit *Alnus Sporadum* bezeichnete Art betrifft, so zeigen die Zapfen eine grosse Übereinstimmung mit den Zapfen von *Alnus Keferstcinii*, wie sie bei Salzhausen, Sagor und Bilin, Aix u. s. w. vorkommen, doch scheinen sie eine mehr gestreckte Form zu besitzen, wie das an der Zapfenspindel, Fig. 4, am deutlichsten zu ersehen ist; auch dürfte die Grösse der Zapfen von *Alnus Sporadum* die Grösse der Zapfen von *Alnus Kefersteinii* etwas übertroffen haben.

Auffallender ist jedoch der Unterschied beider Arten in den Blättern. Während nach den in Bilin mit den Zapfen zugleich vorkommenden Blättern diese einen gezähnten Rand besitzen, ist dieser in den Blättern von Kumi ohne alle Zahnung, vollkommen ganz, bei dem Umstande, dass Form, Nervatur, Grösse und Substanz für ein *Alnus*-Blatt sprechen.

Das in den tertiären Gypsen von Stradella bei Pavia vorkommende und von Viviani als *Alnus suaveolens* beschriebene Blatt (Mém. soc. géol. de France, 1833, I, Tab. 9, Fig. 3) ist zu wenig gut erhalten, namentlich der Rand desselben zu sehr beschädigt, als dass man damit eine Vergleichung anstellen könnte, eben so wenig sind die als *Alnites pseudincanus* und *Alnites emarginatus* von Goeppert beschriebenen und abgebildeten Blätter (Beitr. z. Tertiärfl. Schlesiens von H. Goeppert, Palaeontographica 1852) geeignet, eine Zusammenstellung mit unseren Petrefacten zuzulassen. Hieher ziehe ich vorläufig noch zwei männliche Blüthenkätzchen, von denen das eine noch unentwickelt, Fig. 6, das andere hingegen bereits verstäubt hat (Fig. 7).

In Fig. 5 habe ich versucht, die Zapfen dieser Art integrirt darzustellen.

Alnus Cycladum Ung.

Tab. III, Fig. 9—22.

A. strobilis aggregatis parvis gracilibus ovato-oblongis e squamis lignescentibus, foliis orbicularibus v. ovatis petiolatis serratis penninerviis, nervis secundariis nervulis crebris transversalibus simplicibus vel furcatis inter se conjunctis.

In formatione miocenica ad Kyme Insulae Euboeae.

So sehr auch die Zapfen von *Alnus gracilis* aus Bilin den Zapfen der *Alnus Cycladum* ähnlich sehen, sind diese doch bedeutend grösser als jene, und haben sicherlich die Grösse der Zapfen unserer *Alnus viridis* überschritten.

Noch verschiedener sind die Blätter der griechischen Petrefacte von der Biliner Art, die übrigens auch in der Schweiz vorkommt. Es ist zum Glück hier eine ziemlich grosse Anzahl gut erhaltener Specimina vorhanden, welche in den Figuren 11—22 naturgetreu mit dem Zeichenprisma dargestellt sind. Es ergibt sich hieraus, dass sowohl die Grösse als die Form derselben grossen Schwankungen unterworfen ist.

Von dem beinahe zirkelrunden, Fig. 11, 16, 22, gehen sie durch die etwas gestrecktere Form bis in die ovale, Fig. 19, über; eben so ist der Abstand des Blattes, Fig. 15, das ohne Stiel in der Länge nur 13 Millim. beträgt von den Blättern, Fig. 17 und 22, die über 40 Millim. messen, nicht unbedeutend zu nennen, so dass, wenn die übrigen Eigenschaften nicht die genaueste Übereinstimmung zeigten, man versucht wäre, alle kleineren Formen von dieser Art auszuschliessen.

Ein flüchtiger Blick auf die Figuren 5, 6 und 7 der 33. Tafel meiner Chloris protogaea ist hinreichend, um sich von der Verschiedenheit dieser Blätter und eben so der Zapfen von der griechischen Pflanze zu überzeugen.

III. ULMACEAE.

Planera Ungeri Ettingsh.

Tab. IV, Fig. 10—16.

Ulmus zelkoraefolia Ung. Chlor. prot. p. 94, Tab. 24, Fig. 7—12; Tab. 26, Fig. 7.
Zelkova Ungeri Kov. Foss. Flora von Erdöbénye, p. 27, Tab. 5 und 6.
Planera Ungeri Ettingsh. Foss. Flora von Wien, p 14, Tab. 2, Fig. 5—18.

Auch diese in der Tertiärformation von ganz Europa verbreitete Pflanze findet sich zu Kumi in zahlreichen Blätterabdrücken, von denen die besser erhaltenen hier auf Taf. IV in den Fig. 10—16 abgebildet sind. Sie stimmen mit den europäischen ganz und gar überein.

Grösse, Form des Grundes und der Rand der Blätter ändert ungemein ab, so dass man bald mehr breite, bald langgestreckte Formen vor sich hat. Bisher ist mir noch keine Frucht dieser Pflanze von Kumi aufgestossen.

Die Übereinstimmung mit *Zelkova crenata* Spach. (*Planera Richardi* Mich.) ist so gross, dass man eher an eine Identität der lebenden und fossilen Art, als an eine Verschiedenheit der Art denken könnte.

IV. CUPULIFERAE.

Carpinus betuloides Ung.

Tab. III, Fig. 23—37; Tab. IV, Fig. 1—9.

Betula Oreadum Ung. Wiss. Ergebn. einer Reise, p. 160, Fig. 13.
Fagus Chamaephegos Wiss. Ergebn. einer Reise, p. 159, Fig. 10.

Die verschiedenen fossilen Arten von *Carpinus* sind noch nicht so festgestellt, dass man ihre specifischen Umgrenzungen genau zu definiren im Stande wäre, wozu die Unzulänglichkeit der vorhandenen Abdrücke von Blättern einer oder der anderen Localität einerseits und das seltene Vorkommen von Früchten andererseits das Ihrige beitragen.

Ich glaube wenigstens für eine Art, nämlich für *Carpinus grandis* (*Carpinites macrophyllus* Göpp.) die Formenreihe der dahin gehörigen Blätter, so wie auch eine Andeutung der dazu gehörigen Frucht in meiner Sylloge plant. foss. III, p. 67, Taf. 21, Fig. 1—13 gegeben zu haben.

Von dieser in Kärnten, Steiermark, Schlesien, Salzhausen und in der Schweiz sehr verbreiteten Art ist die Pflanze von Kumi durch die einfache Zahnung des Randes bestimmt verschieden.

Eine andere Art, die ich in meiner Iconographia plant. foss. p. 40, Taf. 20, Fig. 6—8 als *Carpinus betuloides* bezeichnete und folgendermassen definirte: „*Foliis longe petiolatis e basi angustata ovato-oblongis acuminatis inaequaliter serratis, nervis patentibus subsimplicibus subrectis parallelis*", stimmt mit den hier zu betrachtenden Fossilien so auffallend überein, dass ich nicht anstehe, dieselbe mit dieser Art zu identificiren.

Diese Art hat eine nicht minder grosse Verbreitung, kommt an mehreren Orten in Frankreich, Böhmen, Krain und Kroatien vor. Ich habe zwar geglaubt, die Biliner Blätter eher zu *Carpinus grandis* zu ziehen, musste aber wieder zu meiner früheren Ansicht zurückkehren.

In den beigefügten Abbildungen übersieht man die ganze Formenreihe dieser Pflanze von dem kleinsten nur wenige Linien langen Blatte, Fig. 27, bis zu den mehreren Zoll langen Formen, Fig. 29, 30, 33. Die Randzahnung ist bei den kleineren Blättern sehr eng und ungleich, aber keineswegs doppelt, wie das der vergrösserte Rand des Blattes, Fig. 23, in Fig. 23* zeigt.

Nur wenige und höchst unvollkommene Spuren von männlichen Blüthenkätzchen, Fig. 35 und 37, sind bisher in Kumi gefunden worden. Leider fehlt auch die Frucht. Hieher muss ich nun nach reiflicher Erwägung auch das kleine Blatt, Fig. 28, ziehen, welches ich einst beim Mangel aller Blätter von *Carpinus betuloides* aus dieser Localität zweifelhaft für ein *Fagus*-Blatt erklärte, und mit *Fagus betuloides* verglichen, als *Fagus chamaephegos* beschrieb. Desgleichen dürfte das unvollkommen erhaltene Blatt, welches den Namen *Betula Oreadum* erhielt, sicherer hieher gebracht werden.

Quercus kamischinensis Goepp. sp.

Tab. V, Fig. 18—20.

Q. foliis petiolatis ovato-elongatis acuminatis 5—6 pollices longis 2—2¹/₂ pol. latis remote et inaequaliter dentatis, dentibus acutis, nervis simplicibus parallelis aequidistantibus subcurvatis in dentes excurrentibus nervulis transversalibus inter se conjunctis.

Quercus kamischinensis Ung. Gen. et spec. plant. foss. p. 401.
Phillites kamischinensis Goepp. Murch. Geol. Tab. *g*, Fig. 1, p. 502.

In formatione miocenica ad Kyme nec non ad Kamischin Russiae et ad Eibiswald Stiriae.

Ein bisher noch selten in der Tertiärformation Europa's vorgefundenes Blatt, von dem blos eine Abbildung aus Murchison's Geologie von Russland vorliegt, mit der das von Herrn D. Stur in Eibiswald in Steiermark vorgefundene Petrefact (Fig. 20) wohl übereinstimmt. Etwas kleiner und mit feineren Randzähnen sind die hier aus Kumi gegebenen Blätter, Fig. 18 und 19. Sie sind breit-oval, zugespitzt und mit einem mässig langen Blattstiel versehen, der Rand der Blattspreite mit sparsamen ziemlich regelmässig von einander abstehenden spitzen Zähnen besetzt.

Ein Mittelnerv theilt die Blätter in zwei gleiche Hälften, und es entspringen aus demselben 8—10 einfache unverzweigte, ziemlich starke Seitennerven, von denen jedweder ohne sich mit seinen Nachbarn zu verschlingen in die Spitze eines Zahnes ausläuft, oder nach der

Verschlingung in kleinen Zweigen zu den zahlreicheren aber kleineren Zähnen übergeht. Viele bogenförmige Quernerven verbinden die zahlreichen Seitennerven. Das Blatt scheint mehr hautartig als derb gewesen zu sein.

R. Goeppert hat in Murchison etc. The geology of Russia in Europa and the Ural montains, Vol. II, Palaeont. p. 502, tab. *g*, fig. 1 ein Blatt beschrieben, welches er *Phyllites kamischinensis* nennt und nicht gewagt hat, seine Verwandtschaft mit irgend einer lebenden Pflanze anzugeben. Offenbar sind die beiden Blätter von Kumi mit dem Blatte von Eibiswald und dem oberwähnten russischen Petrefacte, kleine Unterschiede abgerechnet, so übereinstimmend, dass ihre Zusammengehörigkeit unter eine Art nicht bezweifelt werden kann.

Diese Blattform, obgleich zu den Artocarpeen hinneigend, stellt sich doch durch seine randläufige Nervatur, vermöge welcher die Secundärnerven ohne Schlingen zu bilden in die Zähne verlaufen, entschieden von denselben abweichend dar.

Zunächst ist der Vergleich wohl unter den Cupuliferen zu suchen, und hier ist es wieder die Gattung *Quercus*, mit deren Arten die deutlichsten Analogien hervortreten.

Ich nenne zuerst die *Quercus calophylla* Schlecht. (Linnaea, V, p. 79) aus Xalapa, die mit unseren Fossilien verglichen werden kann, nur ist der Blattstiel bei jener kürzer und die Zähne sind stachelspitzig, was bei unseren Fossilien nicht der Fall ist. Eine zweite und dritte ähnliche Art bieten *Quercus Alamo* Bent. und *Quercus umbrosa* Endl. (*Q. acuminata* Mart. et Galeot.). Auch diese gleichen in Form, Grösse und Zahnung unserem *Quercus kamischinensis* sehr, doch ist die nähere Verwandtschaft zwischen diesen und jenen nicht zu ermitteln, indem die zur Vergleichung nothwendigen Früchte mangeln. Da indess auch letztere beide Arten in Mexico (Oaxaca und Xalapa) zu Hause sind, so geht wenigstens daraus hervor, dass die fossile Art ihre nächsten dermaligen Verwandten in Mittel-Amerika besitzt, was mit anderen diese Formation betreffenden Wahrnehmungen im besten Einklange steht.

Quercus Lonchitis Ung.

Tab. V, Fig. 1—17, 21, 22.

Quercus Lonchitis Ung. Foss. Flora von Sotzka, p. 33, Tab. 9, Fig. 3—8. Gen. et spec. plant. foss. p. 403.

Unter den Fossilien von Kumi kommen Blätter dieser Art sehr häufig vor, so dass man glauben darf, sie gehörten einem weit verbreiteten Waldbaume an.

Zu Sotzka und Fonsdorf in Steiermark, ferner zu Radoboj erscheint wohl die ganz gleiche Form, welche ich *Quercus Lonchitis* genannt habe. Sie zeichnet sich durch lanzettförmige in eine Spitze auslaufende Form, mässig langen Blattstiel und mehr oder minder scharfe Zahnung des Randes aus. An den vorliegenden Exemplaren, die vor ihrer Einschliessung in mergeligen Schlamm grösstentheils macerirt worden sind, vermag man die Nervatur und die mehr derbe, lederartige als membranöse Beschaffenheit der Blattsubstanz gut zu erkennen. Überall verlaufen die zahlreichen einfachen parallelen Seitennerven in die Spitze der Zähne, und werden durch Quernerven mit einander verbunden, wie dies aus Tab. V, Fig. 4* bei drei- bis vierfacher Vergrösserung eines Blattheiles von Fig. 4 ersichtlich ist. Diese Beschaffenheit, die allein den hier gezeichneten Blättern ohne Ausnahme gemein ist, lässt mit Grund auch einen gemeinschaftlichen Ursprung, d. i. das Zusammengehören zu Einer Art, vermuthen, ungeachtet die Formverschiedenheiten derselben nicht unbedeutend sind.

Insbesonders ist die schmale, mit längerem Stiele versehene Form, Fig. 2 und 6, und umgekehrt die mehr ovale, kurz gestielte Form, Fig. 14 und 15, von der vorherrschenden mittleren Form, Fig. 3, 4, 5, ziemlich verschieden. Wenn sich auch erstere an *Quercus drymeja*, letztere an *Q. mediterranea* anzuschliessen scheint, so sind doch die zahlreichen Übergänge von einer zur andern Form, welche erstere nur als Endglieder einer und derselben Reihe erkennen lassen. Die Folge muss es lehren, ob überhaupt die beiden genannten Arten, so wie auch *Quercus urophylla* Ung. als besondere Arten anzuerkennen sind. Dies lässt sich indess gegenwärtig nach dem vorhandenen Materiale kaum mit Sicherheit entscheiden, um so weniger, als Blüthen und Früchte so gut als fehlen.

Auch in Kumi kommen zwar Fruchttheile (cupulae und glandes) vor, Fig. 21, 22; diese sind aber so unvollständig erhalten, dass man in Zweifel kommt, sie für eben das anzusehen.

Auch diese fossile Eichenart hat in einer mexikanischen Art, der *Quercus lancifolia* Schldl. ihr Ebenbild.

Quercus furcinervis Rossm. sp.

Tab. IV, Fig. 18.

Phyllites furcinervis Rossm. Beitr. p. 33, Taf. 6, Fig. 25; Taf. 7, Fig. 26, 31.
Quercus furcinervis Ung. Gen. et spec. plant. foss. p. 401. O. Heer, Fl. tert. helv. II, p. 51; III, p. 179. tab. 75, fig. 18; tab. 151, fig. 12—15.

Von dieser in Europa in mehreren Fundorten vorkommenden fossilen Eichenart — namentlich zu Altsattel in Böhmen, Rallingen in der Schweiz, Vorarlberg, Piemont u. s. w. — hat sich bisher zu Kumi nur ein einziges Blatt und dieses nur als Bruchstück vorgefunden. Die Blätter dieser Art, obgleich in der Hauptform den Blättern von *Quercus drymeja* ähnlich, unterscheiden sich dennoch durch ihre auffallend derbe Substanz von denselben. Dies ist auch die Ursache, warum selbst die Tertiärnerven stark hervortreten. Selbst an diesem Endstücke sind die von den Secundärnerven abtretenden Zweiglein, bevor jene in die Zähne des Randes eingehen, d. i. die Gabelung, nicht undeutlich zu erkennen.

In der Schweiz gehört diese Eichenart der unteren Tertiärformation an.

Quercus cyclophylla Ung.

Tab. IV, Fig. 17.

Quercus cyclophylla Iconograph. plant. foss. p. 37, Taf. 18, Fig. 15. Gen. et spec. plant. foss. p. 400.

Dieses Fossil liegt mir aus Kumi nur in einem einzigen Exemplare vor, das überdies so wenig gut erhalten ist, dass man ausser der Nervatur im Allgemeinen kaum die Umrisse mit Sicherheit zu erkennen im Stande ist. Indess sind gerade einzelne Stellen des Randes mit ihren scharfen ausspringenden Zähnen so sicher zu erkennen, dass man keinen Anstand nehmen kann, darnach das ganze Blatt zu ergänzen, was auch theilweise hier geschehen ist.

Von dieser Pflanzenart ist bereits aus Parschlug ein Exemplar bekannt. Vergleicht man unsere Pflanze mit der in der Iconographia, p. 37, Taf. 18, Fig. 15 gegebenen Abbildung und Beschreibung, so geht die Gleichartigkeit ohne Weiters hervor. Auch in jenem Exemplare sind die durch Maceration und Insectenfrass erfolgten Spuren der Zerstörung eben so sichtlich, wie an der griechischen Pflanze.

Ich habe diese Eichenart mit der amerikanischen *Quercus crassifolia* Humb. & Bon. verglichen.

Quercus mediterranea Ung.

Tab. VI, Fig. 1—22.

Quercus mediterranea Ung. Chlor. protog. p. 114, Taf. 32, Fig. 5—9. Iconogr. plant. foss. p. 35, Taf. 18, Fig. 1—6.

Diese *Quercus*-Art gehört, wie aus den zahlreich hier abgebildeten Blättern hervorgeht, zu den häufigsten Petrefacten von Kumi. Sie bietet in denselben eine grosse Formverschiedenheit dar, so dass die typische ovale Gestalt nach und nach in die gestreckte länglich ovale, selbst in eine mit vorragender Spitze ausgezogene Form (Fig. 9 und 18—21) übergeht. Indess sind diese Übergänge so allmählich, dass man diese extremen Formen wohl nicht leicht von dieser Art ausschliessen kann.

Vergleicht man hiemit die Endformen der Blätter von *Quercus Lonchitis*, die sich offenbar diesen anschliessen, so geräth man allerdings in Zweifel, wohin irgend eine gegebene Form dieser Reihe zu zählen sei. Niemand wird hieraus aber den Schluss ziehen, dass *Quercus mediterranea* und *Q. Lonchitis* zu einer und derselben Species gehören; würden uns noch andere Merkmale zu Gebote stehen, um ausser der Form noch die Eigenschaften der Structur der Substanz u. s. w. vergleichen zu können, so würden sich ohne Zweifel noch grössere und bestimmtere Unterschiede zwischen beiden herausstellen, und selbst die ähnlichsten Formen als different erkennen lassen. Jedoch will ich nicht in Abrede stellen, dass ich in meiner vorliegenden Disposition vielleicht ein oder das andere Blatt nicht richtig zu seinen Angehörigen gestellt habe.

Diese *Quercus*-Art ist in Parschlug, Sinigaglia und an mehreren Orten der Schweiz gefunden worden. Bezüglich ihrer Verwandtschaft entspricht ihr vor allen *Quercus pseudococcifera* Desf., eine das südliche Europa so wie Nord-Afrika bewohnende Eichenart.

Quercus Zoroastri Ung.

Tab. VI, Fig. 23—28.

Quercus Zoroastri Ung. Iconogr. plant. foss. p. 36, Taf. 18, Fig. 7—9.

Diese bisher nur in Parschlug aufgefundene Eichenart ist ohne Zweifel auch in Kumi vertreten, wofür die Abbildungen, Fig. 23—28 sprechen, die obgleich nicht zahlreich, sich dennoch den in der Iconographie gegebenen Abbildungen genau anschliessen, und gewissermassen die Ergänzungsformen derselben darstellen.

Ob hieher auch die *Castanea atavia* Ung. (Foss. Flora v. Sotzka, p. 34, Taf. 10, Fig. 5—7) zu stellen sei, wage ich aus Mangel hinreichender Specimina nicht zu entscheiden, obgleich diese Vermuthung einige Wahrscheinlichkeit für sich hat.

Quercus Zoroastri ist vorzüglich in der heutigen *Q. persica* Jaub. et Spach. repräsentirt.

Fagus pygmaea Ung.

Tab. IV, Fig. 19.

F. foliis minutis ovato-ellipticis in petiolum attenuatis argute serratis, nervis secundariis crebris simplicibus parallelis craspedodromis.

Fagus pygmaea Ung. Wiss. Ergebn. einer Reise, p. 158, Fig. 6.

In formatione miocenica ad Kyme insulae Euboeae.

Dieses Blatt gibt sich auf den ersten Anblick als ein Blatt der Classe der Julifloren zu erkennen; parallele, einfache, in die Randzähne verlaufende Secundärnerven durch tertiäre Quernerven in Verbindung zeichnen es aus. Es ist kaum glaublich, dass dasselbe nur eine verkümmerte Form von *Carpinus betuloides* sei, wie etwa die Fig. 26 und 27 auf der Tab. III zeigen, indem hier die Lamina allmählich in den Blattstiel übergeht, was dort nicht der Fall ist.

Wie bereits angegeben, hat diese Art in *Fagus obliqua* Mirb. von Chile seinen nächsten Verwandten.

Anders verhält es sich mit *Fagus Chamaephegos* Ung. (Wiss. Ergebn. einer Reise, p. 159, Fig. 10), welche Art ich schon damals, nach einem einzigen Exemplare aufgestellt, als zweifelhaft bezeichnete, gegenwärtig aber, wo entschiedene Zwischenglieder von derselben und der *Carpinus betuloides* aufgefunden wurden, entschieden nicht als *Fagus*, sondern als der letzteren Art angehörig zu betrachten ist.

V. MOREAE.

Ficus Aglajae Ung.

Tab. IV, Fig. 31—36.

F. foliis lanceolatis acuminatis longe petiolatis integerrimis triplinerviis v. subtriplinerviis, nervis basalibus longissimis reliquis minoribus arcuatis.

Ficus Aglajae Ung. Wiss. Ergebn. einer Reise, p. 161, Fig. 15.

In formatione miocenica ad Kyme Euboeae.

Zu der a. a. O. gegebenen Abbildung eines Blattes dieser Pflanze gebe ich hier noch fünf andere, die theils kleinere, theils grössere Blätter darstellen, woraus zu ersehen ist, dass die Grösse derselben zwischen 1½ bis 6 Zoll in der Länge schwankt. Die Substanz ist offenbar derb und lederartig, die Nervation allenthalben vortrefflich erhalten. Zwei Basalnerven, entgegengesetzt oder alternirend aus dem Mittelnerv entspringend, überwiegen alle übrigen bogenförmig nach dem Rande verlaufenden Seitennerven und sind durch ein Maschengeflecht von feinen Tertiärnerven mit einander verbunden, wie dies aus Fig. 31* ersichtlich ist, die eine Vergrösserung des Blattes, Fig. 31, darstellt. Der lange, beinahe den vierten Theil der Blattlänge betragende Stiel ist allen Blättern gemeinsam eigen.

Form, Nervatur und Substanz sprechen für ein *Ficus*-Blatt. Unter den lebenden *Ficus*- und *Urostegina*-Arten sind durchaus nur afrikanische und arabische Arten mit *Ficus Aglajae* vergleichbar. Die ähnlichsten sind *Ficus cordata* vom Cap, *F. cordato-lanceolata* Hochst. aus Abyssinien und *F. salicifolia* Vahl. aus Arabien. Mit keiner dieser Arten findet jedoch eine vollständige Übereinstimmung statt, wesshalb diese fossile Art als die Mutterart angesehen werden muss, aus der sich die genannten lebenden Arten in der Folge entwickelten.

VI. SALICINEAE.

Populus attenuata Heer.

Tab. VI, Fig. 29, 30.

Ohne Zweifel gehört dieses Pappelblatt, welches bisher nur in einem einzigen Exemplare in Kumi gefunden wurde, dieser Art an, welche auch in der Flora von Öningen als selten erscheint. Von derselben unterscheidet sich das in Rede stehende Fossil nur durch die stärkeren Zähne des Randes.

Da keine andere Pappelart in der Flora von Kumi vorkommt, so muss das Deckblatt, Fig. 30, auch zu dieser Art gehören. Herr O. Heer hält das zu dieser Art gehörige Deckblatt für dasjenige, das er auf Tab. 53, Fig. 5 seiner Flora tert. helv. II abgebildet hat, und welches an der Basis in einen Stiel zusammengezogen und in sieben Zacken getheilt ist. Das obige ist jedoch von anderer Form, an der Basis verbreitert und am Rande in zahlreiche Fransen zerschlitzt.

Diese Art ist der Schwarzpappel zunächststehend, aber auch mit *Populus canadensis* zum Theil übereinstimmend.

CLASSIS **THYMELEAE.**

ORDO.

Laurineae, Proteaceae.

I. LAURINEAE.

Cinnamomum Buchi Heer.

Tab. VII, Fig. 39.

C. foliis petiolatis obovato-ellipticis vel obovato-lanceolatis, basi attenuatis, apice productis breviter cuspidatis, triplinerviis, nervis lateralibus apicem non attingentibus.

Cinnamomum Buchi O. Heer, Flor. tert. helv. II, p. 90, tab. 95, fig. 1—8.

In formatione miocenica ad Kumi insulae Euboeae.

Bisher nur in einem einzigen Blatte gefunden worden.

Es stimmt mit den l. c. gegebenen Abbildungen, namentlich mit Fig. 7 ganz überein, obgleich bei den übrigen Blättern die grösste Breite über der Mitte des Blattes liegt. Früchte fehlen in Kumi. Diese Art wurde bisher nur in der Schweiz und in Öningen gefunden.

Cinnamomum lanceolatum Ung. sp.

Tab. VII, Fig. 1—10.

Cinnamomum lanceolatum O. Heer, Flor. tert. helv. II, p. 86, tab. 93, fig. 6—11.
Daphnogene lanceolata Ung. Flora von Sotzka, p. 37, Taf. 16, Fig. 1—7.

Diese Pflanzenart gehört zu einer in Kumi sehr häufig vorkommenden Art, wie sie auch in der mittleren tertiären Formation Europa's ein selten fehlendes Petrefact bildet. Es sind hier auf Taf. VII eine genügende Menge Blätter dieser Pflanze und zwar von verschiedener Grösse und Form abgebildet, woraus man ersieht, dass der Spielraum der Formverschiedenheit nicht unbedeutend ist. Der typischen Form entsprechend ist der stark protrahirte Grund, daher ich auch die Abbildung Heer's l. c. II, Tab. 93, Fig. 5 zu dieser Art, nicht zu *Cinnamomum Scheuchzeri* rechne.

Cinnamomum Scheuchzeri Heer.

Tab. VII, Fig. 11—24.

Cinnamomum Scheuchzeri O. Heer, Flor. tert. helv. II, p. 85, tab. 91, fig. 4—24; tab. 92.

Wie die vorhergehende gehört auch diese zu den sehr häufig in Kumi vorkommenden fossilen Pflanzen. Ich habe anfänglich geschwankt, ob die vorhergehende Art nicht hieher zu ziehen sei, glaube aber, dass beide Arten dennoch zu trennen sind, und dass die Form der Blattbasis die einzigen sicheren Anhaltspunkte zur Trennung beider Blattformen geben. Den Blättern dieser Art fehlt das entschieden vorgezogene Stück der Blattbasis, sie sind nur schwach gegen den Grund verschmälert, ja häufig da abgerundet.

Cinnamomum subrotundum Heer.

Tab. VII, Fig. 25—30.

Cinnamomum subrotundum O. Heer, Flor. tert. helv. II, p. 87, tab. 93, fig. 18—24; tab. 91, fig. 9 *d*, fig. 25; tab. 92, fig. 5 *a*.

Diese viel sparsamer verbreitete Art findet sich auch in Kumi. Die rundliche Basis und das abgerundete Ende dieser Blätter, wodurch dieselben eine beinahe kreisrunde Form erhalten, zeichnet sie von den Blättern der vorhergehenden Art aus. Heer l. c. bezeichnet die hiezu gehörigen Früchte als „*fructibus ovalibus*“, daher die Fig. 31 abgebildeten den Laurineen angehörigen Früchte nicht zu dieser und eben so wenig zur vorhergehenden Art gezählt werden können. Das in Form und Nervatur abweichende Blatt, Fig. 30, ziehe ich vorläufig hieher, weil ich es für eine anomale Bildung halte.

Cinnamomum Rossmässleri Heer.

Tab. VI, Fig. 31, 32.

Cinnamomum Rossmässleri O. Heer, Flor. tert. helv. II, p. 84, tab. 93, fig. 15—17.

Von dieser in Radoboj häufigen, in anderen Localitäten viel sparsamer auftretenden Pflanzenart, die ich in meiner Flora von Sotzka, p. 39, Taf. 18 als *Daphnogene melastomacea* und *Daphnogene cinnamomeifolia* beschrieb, findet sich auch in Kumi eine Spur, die ich in dem vorliegenden Blatte, Fig. 32, darstelle.

Zu dieser Art bringe ich auch die Früchte, Fig. 31, welche durch ihre kugelige Form sich von den bereits bekannten Früchten der übrigen fossilen *Cinnamomum*-Arten auszeichnen.

Laurus Lalages Ung.

Tab. VI, Fig. 33—38.

Laurus Lalages Ung. Foss. Flora von Sotzka, p. 39, Taf. 19, Fig. 6—9.

Die hier abgebildeten Petrefacte gehören ohne Zweifel jener Lorbeerart an, welche ich als *Laurus Lalages* bezeichnete, die aber ausser Sotzka bisher noch nirgends gefunden wurde.

Es sind länglich-ovale, zugespitzte oder an der Spitze abgerundete lederartige Blätter. Die zahlreichen einfachen etwas bogenförmigen Fiedernerven sind am Rande durch weite Schlingen mit einander verbunden, eben so finden sich zwischen ihnen vom Ursprunge aus dem starken Mittelnerven an ein Netz zahlreicher feiner tertiärer Quernerven.

Wahrscheinlich hat man in den vorliegenden Blättern an einigen die Ober-, an anderen die Unterseite vor sich, daher die zarte Nervatur nicht überall gleich stark ausgedruckt ist.

Laurus primigenia Ung.

Tab. VIII, Fig. 1—7.

Laurus primigenia Ung. Foss. Flora von Sotzka, p. 38, Taf. 19, Fig. 1—4.

Ich erachte diese Blätter für verschieden von den unmittelbar zuvor betrachteten, von denen sie sich auch durch ihre deutlich lanzettliche Form unterscheiden.

Mit den in Sotzka vorhandenen und als *Laurus primigenia* bezeichneten Blättern kommen sie zwar überein, doch erscheinen die Secundärnerven häufig viel zahlreicher als in jenen Blättern. Das feine Gefässnetz zwischen den Secundärnerven ist zuweilen gut erhalten, wie das Fig. 1*, eine vergrösserte Partie von Fig. 1, darthut. Vergleicht man Heer's Abbildung von *Laurus princeps*, die er in seiner Tertiärflora d. Schweiz auf Tab. 97, Fig. 1 gibt, so stimmt sie vollkommen mit den Petrefacten aus Kumi überein, kann aber unmöglich zu den übrigen als *Laurus princeps* gegebenen Abbildungen zugezählt werden.

Laurus princeps Heer.

Tab. VIII, Fig. 8—10.

Laurus princeps O. Heer, Flor. tert. helv. p. 77, tab. 89, fig. 16, 17; tab. 90, fig. 17, 20.

Auch hier hege ich wegen der richtigen Bestimmung gerechte Zweifel. Zwar stimmen die drei hier abgebildeten Blätter mit den Abbildungen Heer's l. c., namentlich mit den auf Tab. 89, Fig. 16 und 17 gegebenen, ganz und gar überein; allein diese Art scheint mir nicht so scharf von anderen fossilen *Laurus*-Arten unterschieden zu sein, um sicher zu stehen.

Laurinastrum dubium Ung.

Tab. VIII, Fig. 11.

L. foliis lanceolatis acutis integerrimis margine revolutis in petiolum attenuatis coriaceis, nervo primario crasso, nervis secundariis crebris parallelis simplicibus brochidodromis.

Laurinastrum dubium Ung. Wiss. Ergebn. einer Reise etc. p. 163, Fig. 17.

In formatione miocenica insulae Euboeae.

Ich bemerkte bereits am a. O. hierüber: „Ein schwer zu enträthselndes Blatt, das bezüglich der Substanz und Nervatur am ehesten mit *Cryptocaria angustifolia* vom Cap übereinstimmt." Da das Gefässnetz oft sehr gut erhalten ist, so habe ich dem hier abgebildeten Blatte, Fig. 11, noch die vergrösserte Abbildung Fig. 11* beigegeben.

II. PROTEACEAE.

Hakea attica Ung.

Tab. VIII, Fig. 32, 33.

H. folio ovato-lanceolato petiolato integerrimo coriaceo, nervo primario gracili, nervis secundariis basilaribus duobus, reliquis sparsis tenuissimis simplicibus nervulis tertiariis passim inter se conjunctis. Seminibus in alam ovatam apice rotundatam productis, 15 millim. longis.

In formatione miocenica insulae Euboeae.

Dieses in Bezug auf seine lederartige Substanz und eigenthümliche Nervatur ausgezeichnete Blatt ist bisher nur in einem einzigen Exemplare, in Kumi gefunden worden. Es ist oval-lanzettförmig, gestielt, ganzrandig und läuft in eine stumpfe Spitze aus. Der Hauptnerv ist verhältnissmässig dünn, noch dünner sind die daraus unter spitzen Winkeln entspringenden Seitennerven, wovon die beiden untersten Paare ganz nahe an die Basis gerückt sind, während die übrigen wechselweise erst über der Mitte des Blattes entspringen. Alle

Nerven sind fast einfach und nur dort und da durch zarte Tertiärnerven mit einander verbunden. An den Blättern von *Hakea laurina* hat das Fossil seinen nächsten Anverwandten.

Dazu gehören nun ohne Zweifel auch die Samen, Fig. 33, die mit jener von *Hakea lanceolata* Heer derart übereinstimmen, dass man sie für identisch halten möchte.

Protea graeca Ung.

Tab. VIII, Fig. 12.

P. folio lanceolato in petiolum brevem attenuato margine integerrimo undulato coriaceo superficie
  ruguloso, nervo primario tenui, nervis secundariis angulo acuto e nervo medio excurrentibus
  simplicibus tenuissimis.

In formatione miocenica insulae Euboeae.

Dieses derbe, an der Oberfläche mit feinen Runzeln versehene Blatt ist durch seine lanzettliche, nach oben und unten verschmälerte Form zwar wenig ausgezeichnet, allein es trägt durch seine zarten Nerven bei der lederartigen Beschaffenheit so viele Merkmale mit Blättern von Proteaceen, dass ich nicht umhin kann, dasselbe für ein *Protea*-Blatt zu erklären. Mit dem Blatte von *Protea linguaefolia* Web. hat nur der Umriss Ähnlichkeit.

Persoonia euboea Ung.

Tab. VIII, Fig. 13.

P. folio lanceolato acuminato in petiolum brevem attenuato integerrimo duos pollices longo coria-
  ceo, nervo primario excurrente, nervis secundariis tenuibus crebris ramosissimis angulo acuto
  e nervo primario exorientibus.

In formatione miocenica insulae Euboeae.

An diesem gleichfalls bisher in einem einzigen Exemplare vorliegenden Blatte ist nur die untere Hälfte auch in Bezug auf Nervation gut erhalten, während der obere Theil daran Mangel leidet. Demungeachtet lässt sich daraus die grosse Übereinstimmung mit den Blättern von *Persoonia* nicht verkennen.

Von den lebenden Arten stimmt *Persoonia daphnoïdes* aus Neu-Holland mit dem Fossile in der Hauptform, besonders aber in der Nervatur ganz überein, was man nicht von den bisher als *Persoonia Daphnes, P. cuspidata* und *P. Myrtillus* beschriebenen Fossilien sagen kann, deren Nervatur entweder gar nicht erkenntlich oder zu unvollständig erhalten ist, als dass man etwas Sicheres darüber zu sagen im Stande ist.

Das Fossil ist derart gut erhalten, dass es sich mit seinem untern Theile sogar von dem mergeligen Gesteine, in dem es vorkommt, abzulösen angefangen hat.

Fig. 13* stellt eine Vergrösserung des unteren Blatttheiles vor.

Grevillea kymeana Ung.

Tab. VIII, Fig. 15—31; Tab. VI, Fig. 31.

Gr. foliis linearibus rectis vel parum curvatis sesqui usque quinque pollices longis utrinque atte-
  nuatis apice obtusiusculis integerrimis vel sparse dentatis breviter petiolatis, nervo primario
  gracili, nervis secundariis angulo acuto e nervo primario egredientibus simplicibus elongatis
  interdum reticulatim conjunctis.

Grevillea kymeana Ung. Wiss. Ergebn. einer Reise etc. p. 163, Fig. 18.
Lomatites aquensis Sap. Ann. de sc. nat. IV, 17, p. 253, tab. 7, fig. 10.
Lomatites sinuatus Sap. Ann. de sc. nat. IV, 17, p. 253, tab. 8, fig. 2.

In formatione miocenica ad Kyme insulae Euboeae.

Ich habe diese *Proteacea*, von der ich bei meiner Anwesenheit in Griechenland einige wenige Blattabdrücke fand, bereits in meinen „Wiss. Ergebn. einer Reise in Griechenland etc." beschrieben und davon zwei Abbildungen gegeben.

Ich bin nun durch die reichen, von Herrn Wourlisch gemachten Sammlungen in Stand gesetzt, den ganzen Formenkreis der Blätter dieser fossilen Pflanzenart darzulegen, aus welchem hervorgeht, dass dieselben, wenn auch nicht an Gestalt, so doch an Grösse sehr bedeutend abändern, wie das auch bei verwandten Proteaceen der Fall ist. Die kleinsten Blätter, Fig. 19, 22, 23, sind nicht über $1^1/_2$ Zoll lang bei einer Breite von $1^1/_2$—2 Linien, während die grössten 4 und nahe an 5 Zoll messen.

Sie sind durchaus linienförmig, an der Basis und am Ende verschmälert, und gehen in eine mehr oder weniger stumpfliche Spitze aus; der Grund dagegen ist deutlich vor dem kurzen, dicken Blattstiel abgesetzt, und geht keineswegs in denselben über. Charakteristisch ist die Randzahnung aus kleinen, spitzen, kaum über den Rand hervortretenden Zähnchen, die sich jedoch häufig nur auf die obere Hälfte des Blattes beschränken und die untere Hälfte frei lassen.

Bei allen Fossilien dieser Art ist die Nervatur zu erkennen und besteht aus einem ziemlich starken Mittelnerven, von dem in sehr spitzen Winkeln zahlreiche, meist einfache sehr dünne Seitennerven abgehen, wie dies ein Blick auf die Figuren 18, 25, 28, 29, 30 darthut. Die Substanz der Blätter scheint mehr derb als häutig gewesen zu sein.

Alle diese Merkmale sprechen zu Gunsten der über die Natur dieser Blätter geäusserten Ansicht, dass dieselben einer Proteacee angehört haben, auch dürfte es nicht schwer sein, in der Gattung *Grevillea* das Genus nachzuweisen, dem sie wahrscheinlich angehört haben. Ich habe bereits in der *Lomatia linearis* R. Br., was die Form des Blattes betrifft, ein nahe stehendes Analogon ausfindig gemacht; dasselbe ist auch mit *Hakea nitida* der Fall (Fig. 35), deren Blätter sogar in Betreff der Basis nahe mit den in Rede stehenden Fossilien übereinkommen. Allein in beiden ist die Nervatur, obgleich nicht typisch abweichend, doch mit der Nervatur der letzteren nicht übereinstimmend.

Eine bei weitem grössere Ähnlichkeit stellt sich im Vergleiche mit den Blättern von *Grevillea* heraus, und zwar namentlich mit jenen von *Grevillea oleoides* Sieb. (Fig. 34). Auch hier entspringen die zarten Secundärnerven in spitzen Winkeln vom Hauptnerven, bleiben einfach und vereinigen sich mit einem starken Randnerven. Ein solcher Randnerv kommt den Blättern unserer fossilen Pflanze freilich streng genommen nicht zu, allein es sind die Endtheile des Bogens, welche sich hier ebenfalls zum Scheine eines Randnervens verbinden.

Unter diesen Umständen dürfte es daher keineswegs gewagt sein, diese Fossilien geradezu der Gattung *Grevillea* unterzuordnen, einer an Formen sehr reichen über ganz Australien verbreiteten Gattung.

Im Vergleiche mit den bisher im Tertiärlande vorgefundenen fossilen Grevilleen können nur *Grevillea Jaccardi* Heer, Flor. tert. helv. II, p. 110 und *Grevillea haeringeana* Ett. zur Sprache kommen.

Ich habe bereits auf die grosse Ähnlichkeit der in Rede stehenden *Grevillea kymeana* mit *Grevillea Jaccardi* hingewiesen. Die Blätter, Fig. 22, 19, sind ausnahmsweise von derselben

Grösse und Form auch ganzrandig wie *Grevillea Jaccardi.* Dasselbe ist auch der Fall bei *Grevillea haeringiana.* Da von den grösseren gezähnten Blättern der hier beschriebenen Art zu den ungezähnten sich allmähliche Übergänge zeigen, wie dies die Figuren 17, 21, 23 nachweisen, so kann von einer Scheidung dieser Blätter als besondere Art, so wie von einer Vergleichung mit einer der beiden genannten Arten nicht die Rede sein. Umgekehrt geht vielmehr als höchst wahrscheinlich hervor, dass sowohl *Grevillea Jaccardi,* als *Grevillea haeringiana* nur die Endformen der Blätter von *Grevillea kymeana* sind.

Bis jedoch sich diese Vermuthung bestätigt, mögen diese drei Arten noch neben einander in der Flora der Vorwelt ihren Platz behalten.

Schliesslich muss ich noch hinzufügen, dass gleichzeitig Herr Graf Saporta in den Ann. de scienc. nat. Sér. IV, tome 17, p. 252 dieselbe fossile Pflanzenart aus dem südlichen Frankreich unter dem Namen *Lomatites aquensis* und *Lomatites sinuatus*, so wie in Sér. V, t. III, p. 101 als *Lomatites abbreviatus* beschrieb. Die zur Vergleichung beigegebene Abbildung eines Blattes von *Lomatia longifolia* R. Br. ist in Bezug auf Nervatur zu undeutlich und zu fehlerhaft gezeichnet, als dass eine Gleichstellung beider daraus gefolgert werden könnte. Auch ich habe diese Blätter zuerst mit Blättern von *Lomatia linearis* R. Br. der Form nach verglichen, dagegen aber die Nervatur viel mehr übereinstimmend mit jenen von *Grevillea* gefunden.

Grevillea Pandorae Ung.

Tab. XVI, Fig. 14.

G. folio obovato-elliptico in petiolum attenuato integerrimo, nervo primario valido, nervis secundariis crebris simplicibus deorsum curvatis.

In formatione miocenica ad Kyme insulas Euboeae.

Es war mir nicht möglich, für dieses kleine zolllange Blatt, deren Nervatur durch die einfachen nach abwärts gekrümmten Seitennerven ausgezeichnet ist, ein passendes Analogon zu finden. Dasselbe mag wohl den Proteaceen angehören, und zunächst zur Gattung *Grevillea* zu stellen sein, wo sich allerdings Blätter finden, deren Seitennerven bogenförmig nach abwärts gekrümmt sind.

Dryandra Thesei Ung.

Tab. VIII, Fig. 14.

D. foliis linearibus v. lineari-lanceolatis in petiolum brevem attenuatis coriaceis, regulariter remote dentatis, dentibus duas lineas longis, nervo primario crasso, nervis secundariis tenuissimis obsoletis.

In formatione miocenica ad Kyme insulas Euboeae.

Unter vielen ähnlichen Blättern, woran die fossile Flora von Kumi reich ist, zeichnet sich dieses Blatt so aus, dass man es nicht als eine Übergangsform zu einer oder der anderen Art von *Banksia* oder *Dryandroides* betrachten kann. Der Form nach, so wie in Bezug auf seine lederartige derbe Substanz kommt es den Blättern mehrerer *Dryandra*-Arten sehr nahe. Leider ist die zartere Nervatur nicht erhalten, und ausser dem starken Mittelnerven nichts davon ersichtlich.

Dryandra Ungeri Ettingsh.

Tab. IX, Fig. 16—18.

D. foliis lineari-lanceolatis in petiolum attenuatis alternatim pinnatilobis, lobis sursum et deorsum decrescentibus confluentibusque oblongo-triangularibus marginatis 3—5 nerviis.

Comptonia dryandroides U n g. Foss. Flora von Sotzka, p. 31, Taf. 6, Fig. 1.
Dryandra Ungeri E t t i n g s h. Sitzungsb. d. kais. Akad. Bd. 7, p. 738 (1851).
In formatione miocenica ad Kyme insulae Euboeae.

Auch dieses Petrefact kommt nur selten in Kumi vor, wie dasselbe eben so selten in Sotzka erscheint.

Es sind linear-lanzettliche, lange, lappige Blätter, deren Lappen alterniren, und nicht wie bei *Comptonia acutiloba* B r o n g n. (*Dryandra acutiloba* E t t.) senkrecht von der Mittelrippe abstehen, sondern schief nach aufwärts gezogen ungleichschenkeligen Dreiecken zu vergleichen sind. Jeder Lappen hat am vorliegenden Exemplare, Fig. 16, drei Seitennerven, die oberen Lappen, die hier fehlen, mögen wohl ihrer mehr gehabt haben.

Obgleich auch nach diesem Materiale eine bestimmte Ansicht über die Natur dieser Blätter nicht möglich ist, so neige ich mich dennoch zur Ansicht, dass dieselben nicht einer *Comptonia*, sondern einer *Dryandra*-Art angehören.

Fig. 17 halte ich nur für ein kleines missgestaltetes Blatt derselben Art.

Banksia Solonis U n g.

Tab. IX, Fig. 1—3.

B. foliis lanceolatis v. ovato-lanceolatis utrinque attenuatis longe petiolatis semipedalibus grosse dentatis coriaceis, nervo primario valido, nervis secundariis angulo subrecto e nervo primario exorientibus simplicibus crebris.

Banksia Solonis U n g. Wiss. Ergebn. einer Reise etc. p. 165, Fig. 21.
In formatione miocenica ad Kyme insulae Euboeae.

Es ist äusserst schwer, sich in diesen und ähnlichen Blättern, welche in zahlreicher Menge und in allen Grössen und Übergangsformen aus dieser Localität vorliegen, zurecht zu finden, und ich gestehe offen, dass ich auch nach reiflicher Erwägung aller Umstände, die bei der Classification dieser Petrefacte zu berücksichtigen kommen, noch ungewiss bin, das Rechte getroffen zu haben.

In dem oberwähnten Reisewerke habe ich p. 166, Fig. 21 mehrere langgestielte lanzett- oder oval-lanzettförmige mit starken stumpfen Zähnen versehene Blätter abgebildet, denen leider die Spitze fehlte. Dass dieselben zu Einer Art gehören, springt in die Augen, und da sie mir von den bekannten Fossilien verschieden erschienen, andererseits mit den Blättern von Banksien in Bezug auf Derbheit der Substanz, Nervation u. s. w. übereinkamen, so nahm ich keinen Anstand, dieselben geradezu für *Banksia*-Blätter zu erklären, und sie mit dem Namen *Banksia Solonis* zu bezeichnen.

Vergleicht man hier die auf Taf. IX abgebildeten Blätter aus der späteren Sammlung, so scheinen nur wenige mit jenen übereinzustimmen, wie namentlich Fig. 1, 2 und 3, obgleich auch die übrigen allmähliche Übergänge bilden. Ich will jedoch dieselben vorläufig unter einem andern bekannten Namen zusammenfassen, nämlich unter der Bezeichnung

Dryandroides hakeaefolia U n g.

Tab. IX, Fig. 4—15.

Zu dieser in meiner Flora von Sotzka aufgestellten Art mögen jedoch sowohl *Dryandroides grandis* U n g. und *Lomatia Swanteviti* U n g., so wie *Dryandroides lignitum* E t t. (*Quercus lignitum* U n g.) gehören.

Ob indess nicht auch *Dryandroides banksiaefolia* Heer (*Myrica banksiaefolia* Ung.) und *Dryandroides angustifolia* Ung.) hierher zu zählen sein werden, ist mir nunmehr sehr wahrscheinlich. Dass Fig. 4 mit *Lomatia Swanteviti* zusammenfällt, ist ersichtlich, so wie Fig. 15, von der Fig. 15* eine vergrösserte Partie gibt, sich zu *Dryandroides* auffallend hinneigt.

Am kleinsten sind die Blätter Fig. 13 und 14, allein auch diese tragen solche Merkmale an sich, dass man sie von Fig. 12 und Fig. 8 nicht trennen kann.

In letzterer Zeit hat man in mehreren als *Banksia* und *Dryandoides* beschriebenen Fossilien mit mehr Sicherheit die Gattung *Myrica* zu erkennen geglaubt, wie das auch meine ursprüngliche Ansicht war. Das gleichzeitige Erscheinen von Inflorescenzen und Früchten, die unverkennbar der Gattung *Myrica* angehören sollen, mit jenen Blättern hat dieser Veränderung der Meinung einen nicht geringen Anhaltspunkt gegeben. Ich kann jedoch, so lange ich dergleichen charakteristische Theile nicht gesehen habe, meine dermalige Ansicht nicht aufgeben, erkenne es aber als sicher an, dass man aus den weniger verschieden scheinenden Blättern viel zu viel Arten geschaffen hat. Bis die Sache nicht weiter aufgeklärt sein wird, ziehe ich die ältere Bezeichnung der neueren von den französischen Botanikern proponirten vor.

Man vergleiche hierüber A. Brongniart (Comptes rend. Tom. 52, 17. Juni 1861) und Gastron de Saporta (Ann. d. sc. nat. Sér IV, 3, p. 95).

Embothrium salicinum Heer.

Tab. IX, Fig. 19—22.

Embothrium salicinum O. Heer, Flor. tert. helv. II, p. 97; III, p. 186, tab. 153, fig. 26.

Einen Samen der Art habe ich selbst in Kumi gefunden und in meinen „Wiss. Ergebn. einer Reise etc." p. 165, Fig. 20 abgebildet; hier folgen aus der späteren Sendung noch vier ähnliche Samen.

Strenge genommen stimmen sie nicht mit den von O. Heer l. c. abgebildeten Samen überein, aber eben so wenig mit jenen von *Embothrium microspermum* l. c. Tab. 153, Fig. 25, indem sie zwischen beiden Arten gleichsam das Mittel halten.

Embothrium boreale Ung.

Tab. IX, Fig. 23.

Embothrites borealis Ung. Foss. Flora von Sotzka, p. 171, Taf. 21, Fig. 10—12.

Dieser kleine Samen stimmt mehr mit den in der Sylloge plant. foss. Tab. 7, Fig. 31 bis 33 abgebildeten Samen dieser Art aus Radoboj, als mit jenen von Sotzka überein, da diese etwas grösser sind.

In Form und Beschaffenheit kann man indess zwischen beiden keine Unterschiede wahrnehmen, daher sie wohl zu einer Art gehören.

CLASSIS CONTORTAE.

ORDO.

Oleaceae, Apocyneae, Asclepiadeae.

I. OLEACEAE.

Olea Noti Ung.

Tab. X, Fig. 1—12.

*O. foliis lanceolato-linearibus obtusis in petiolum crassum attenuatis 2—4 pollicaribus integerri-
mis margine involutis coriaceis, nervo primario crasso, nervis secundariis tenuissimis crebris
simplicibus reticulatim conjunctis, nervulis minimis interjectis.*

Olea Noti Ung. Wiss. Ergebn. einer Reise, p. 169, Fig. 26.

In formatione miocenica ad Kyme insulae Euboeae.

Diese fossile Pflanzenart ist mir schon früher durch ein Exemplar bekannt geworden,
welches ich in Kumi selbst sammelte und in meinem Werke: Wissenschaftliche Ergebnisse
u. s. w. Fig. 26 durch einen Holzschnitt abbildete.

Hier liegen nun viele Blätter dieser Art vor, aus denen man eine Übersicht ihrer allerdings nicht bedeutenden Formveränderungen zu erlangen im Stande ist. Auffallend ist es auf
den ersten Blick, dass unter allen diesen Blattformen sich kein einziges Blatt vorfindet,
welches so schmal ist wie das früher abgebildete, im Gegentheile alle ohne Ausnahme mehr
eine lanzettliche als eine lineare Gestalt besitzen, auch finden sich darunter Formen, deren
Spitze in die Länge gezogen sind, wie z. B. Fig. 4, doch dürfte es in Frage gestellt werden,
ob eben dieses Blatt nicht passender zu *Apocynophyllum Carissa* zu stellen wäre.

Allen Blättern dieser Art kommt indess ohne Ausnahme ein sehr starker, gerade ver-
laufender Mittelnerv zu, der in einem eben so derben Blattstiel endet, an dem die Lamina
herabgeht; die Blätter sind derb, lederartig, ganzrandig, an den Seitenrändern häufig etwas
eingerollt (Fig. 4), was so wie ihre oft wohlerhaltene dicke kohlige Substanz für die lederartige Beschaffenheit zeugt.

Die in ungleichen Winkeln aus dem Mittelnerven entspringenden Secundärnerven sind
verhältnissmässig sehr zart, so dass man sie selbst bei guter Erhaltung des Blattes oft kaum
wahrzunehmen im Stande ist. Statt der mühsamen Beschreibung ihres Verlaufes genüge ein
Blick auf die Figuren 6 und 7, welche sowohl das gröbere Nervennetz als die feinsten Nerven-
maschen darstellen, und die man bei allen Blättern dieser Art mehr oder weniger deutlich
wahrzunehmen im Stande ist.

Keines von den auf Tafel X dargestellten Blättern ist ergänzt gezeichnet, man ist aber
demungeachtet leicht im Stande, die verletzten und mangelhaften Stellen nach den vorhandenen vollständigen Mustern zu integriren.

Ich brachte diese Blätter zur Gattung *Olea* und fand namentlich in den Blättern der
Arten *Olea exasperata* Jacq., *Olea divaricata*, *Olea verrucosa* u. s. w. vom Cap der guten
Hoffnung die passendsten Gegenbilder.

II. APOCYNEAE.

Apocynophyllum Carissa Ung.

Tab. X, Fig. 26.

Apocynophyllum Carissa Ung. Sylloge plant. foss. III, p. 13, Taf. 4, Fig. 12.

Es ist dies das einzige Blatt, welches bisher in Kumi gefunden wurde. Äussere Ähnlichkeit mit den Blättern des weiter unten beschriebenen *Rhamnus brevifolius*, die gleichfalls an dieser Localität vorkommen, sind allerdings vorhanden, doch unterscheidet es die Spitze, die den eben erwähnten Blättern fehlt, noch mehr aber die äusserst zarte Substanz, während die Blätter von *Rhamnus* bei weitem derber sind.

Eine Vergleichung mit den gleichnamigen Petrefacten aus Radoboj und der Wetterau zeigt eine vollständige Übereinstimmung, eben so dürfte die Zusammenstellung mit *Carissa edulis* Vahl. (l. c. Fig. 3 *a*, *b*) nicht verfehlt sein.

Neritinium longifolium Ung.

Tab. X, Fig. 25.

Neritinium longifolium Ung. Sylloge plant. foss. III, p. 17, Taf. 5, Fig. 4.

Es liegt mir aus Kumi nur das eine hier unter Fig. 25 abgebildete Blatt vor, das sich vor der Hand mit keinem andern besser vergleichen lässt, als mit *Neritinium longifolium*, welches ich in der Sylloge l. c. beschrieb und abbildete. Das griechische Petrefact, dem der Blattstiel fehlt, ist linear-lanzettlich in eine Spitze auslaufend, von einem starken Mittelnerven durchzogen, von dem zahlreiche unverästelte etwas gebogene Seitennerven in stumpfen Winkeln abtreten. Die Substanz des Blattes ist eher hautartig als lederartig zu nennen. Mit dem Petrefacte aus Radoboj kommt es sogar darin überein, dass gegen die Spitze einige sehr feine Randzähnchen zu bemerken sind.

III. ASCLEPIADEAE.

Asclepias Podalyrii Ung.

Tab. X, Fig. 13—24.

A. foliis lanceolato-linearibus acuminatis in petiolum longum attenuatis integerrimis, nervo primario crasso, nervis secundariis crebris subsimplicibus prope marginem arcuatim conjunctis.

Asclepias Podalyrii Ung. Wiss. Ergebn. einer Reise etc. p. 170, Fig. 27.

In formatione miocenica ad Kyme insulae Euboeae.

Es war mir bei der ersten Aufsammlung der Pflanzenabdrücke in Kumi zufällig nur eine der kleinsten Blattformen dieser nicht wenig zahlreichen Fossilien in die Hand gekommen. Dieses Blatt betrug nicht viel mehr als $1\frac{1}{2}$ Zoll in der Länge, während die völlig und vollkommen entwickelten Blätter dieser Art 5 und 6 Zoll messen.

Sie sind lanzett-linearisch, laufen in eine Spitze aus und sind gegen den Blattstiel eben so allmählich verschmälert, der allerdings bald länger bald kürzer zu sein scheint. Ihre Substanz ist mehr hautartig als lederartig, die Nervatur meist vortrefflich erhalten, wie dies aus den Fig. 16, 19 und 23 ersichtlich ist.

Zwischen den bogenförmig vom starken Mittelnerven abtretenden Seitennerven, die nahe dem Rande sich in weiten Schlingen vereinigen, fallen noch kleine Zwischenseitennerven, die nicht immer scharf genug ausgeprägt sind und auch dort fehlen, wo die primären Seiten-nerven an einander gerückt sind.

Ich habe a. a. O. diese Blätter mit den Blättern von *Asclepias linifolia* Lagas. aus Mexiko verglichen.

CLASSIS **PETALANTHAE.**
ORDO.
Myrsineae, Sapotaceae, Ebenaceae.

I. MYRSINEAE.

Myrsine graeca Ung.
Tab. XI, Fig. 38.

M. foliis ovato-ellipticis retusis in petiolum attenuatis integerrimis, nervatione brochidodroma, nervo primario valido, nervis secundariis simplicibus.

Myrsine graeca Ung. Wiss. Ergebn. einer Reise, p. 170, Fig. 28.

In formatione miocenica ad Kyme insulae Euboeae.

Bei meiner Anwesenheit in Kumi war ich so glücklich, mehrere recht instructive Exem-plare dieser fossilen Pflanze zu erbeuten. Die mir später nachgeschickten Sammlungen ent-halten nur wenige Specimina dieser Art, von denen ich hier unter Fig. 38 das besterhaltene abbilde. Die Nervatur ist ziemlich scharf ausgeprägt und zeigt die grösste Ähnlichkeit mit jenen der Blätter von *Myrsine ferruginea* (l. c. Fig. 29) und *Myrsine crassifolia* R. Brown.

Myrsine Selenes Ung.
Tab. XI, Fig. 35, 36.

M. foliis obovato-lanceolatis obtusis in petiolum longum attenuatis integerrimis subcoriaceis, nervo primario crasso, nervis secundariis tenuibus raris angulo acuto e nervo primario ex-orientibus.

In formatione miocenica ad Kyme insulae Euboeae.

Während mir in den letzten Zusendungen von Petrefacten aus Kumi von der vorher-gehenden Art nur einige wenige Exemplare zukamen, waren jedoch die beiden hier Fig. 35 und Fig. 36 abgebildeten Petrefacte vorhanden, die ich nicht leichter irgendwo hinstellen kann, als unter die Gattung *Myrsine*.

Vergleicht man meine *Myrsine Endymionis* (Sylloge pl. foss. III, p. 21, Tab. 7, Fig. 12) aus Radoboj mit unseren Abbildungen, so ist eine nicht undeutliche Ähnlichkeit nicht zu ver-kennen, doch unterscheidet sie von der genannten Art der lange Blattstiel und die mehr oblonge als lanzettliche Form; auch zeigen sich die minder zahlreichen Secundärnerven anders als bei *Myrsine Endymionis*.

Myrsine grandis Ung.
Tab. XI, Fig. 37.

M. foliis obovato-elongatis apice retuso integerrimo brevi-petiolato subcoriaceo, nervatione brochi-dodromo, nervo primario crasso, nervis secundariis tenuibus raris simplicibus parallelis, apice inter se conjunctis.

In formatione miocenica ad Kyme insulae Euboeae.

Ein sehr ausgezeichnetes Blatt, welches mir nur in ein paar Abdrücken vorliegt. Über die lederartige Beschaffenheit desselben herrscht kein Zweifel, eben so ist der dicke Mittelnerv bis an die eingedrückte Spitze deutlich erkennbar. Er lauft in einen kurzen eben so dicken, etwas gekrümmten Blattstiel aus.

Die Secundärnerven sind fein, unverzweigt, wenig zahlreich und bilden weite Bogen, deren Endtheile sich wechselseitig berühren und verschmelzen. Zwischen diesen Schlingen treten einfache kleinere Secundärnerven auf. Von feineren Tertiärnerven sieht man nichts.

Dieses Blatt scheint mir gleichfalls einer *Myrica* anzugehören; eine Verwandtschaft mit irgend einer der lebenden Arten aufzufinden gelang mir jedoch nicht.

II. SAPOTACEAE.

Sideroxylon Putterliki Ung.

Tab. XI, Fig. 1—4.

Sideroxylon Putterliki Ung. Sylloge plant. foss. III, p. 24.
Pittosporum Putterliki Ung. Wiss. Ergebn. einer Reise, p. 177, Fig. 45.
Pittosporum Putterliki Ung. Sylloge plant. foss. II, p. 5, Taf. 1, Fig. 7.
Pittosporum pannonicum Ung. Sylloge plant. foss. II, p. 5, Taf. 1, Fig. 8—13.

Diese in Radoboj ziemlich häufig vorkommende Pflanze erscheint auch in Kumi nicht selten. In der letzten Zeit sind mir indess nur einige wenige Blattreste derselben zugekommen, von denen Fig. 1, 2 und 3 abgebildet wurden. Sie stimmen mit den Radobojer Petrefacten gut überein und lassen sich am besten mit den Blättern von *Sideroxylon ferrugineum* Hook & Arn. (Sylloge III, Tab. 8, Fig. 5) vergleichen.

Auch die Frucht, Fig. 4, die zwar nur theilweise erhalten ist, scheint mir gleichfalls nirgend wohin passender gestellt werden zu können, als unter diese Art. Sie erscheint als ovaler oder elliptischer einen Zoll langer und dem entsprechend breiter gefalteter derber Hautlappen, der wohl nichts anderes als der Rest einer Beerfrucht ist, die sich vom Stiele trennte. Um Analogien zur Hand zu haben, betrachte man die beiden eingetrockneten Früchte von *Mimusops Kummel* Bruce aus Habyssinien, Fig. 5, und die Frucht einer unbestimmten *Mimusops*-Art vom Cap der guten Hoffnung, Fig. 6, die ein ziemlich derbes Pericarpium besitzen und dadurch der fossilen Frucht gleichen. Denkt man sich· aber diese letztere ergänzt und voll, so ist die Ähnlichkeit mit der Frucht von *Sideroxylon Mastichodendron* Jacq. (Gärtner Carp. t. 202) noch mehr in die Augen springend. Auch stimmen die oben gezeichneten Blätter, namentlich das langgestielte Blatt, Fig. 3, auffallend mit den Blättern der letztgenannten Pflanze überein.

Es würde somit der Vergleich unserer Fossilien mit dieser gleichfalls Ostindien angehörigen Pflanze näher liegen als mit *Sideroxylon ferrugineum* Hook & Arn.

Sideroxylon hepios Ung.

Tab. XI, Fig. 7—10.

Sidoroxylon hepios Ung. Sylloge plant. foss. III, p. 24, Taf. 8, Fig. 4.

Steife lederartige Blätter von lanzettförmiger Gestalt mit deutlichem Blattstiele, an denen ausser dem geraden Mittelnerven nur Spuren von Seitennerven erkenntlich sind. Sie stimmen durch ihren verlängerten Blattstiel viel besser mit der in Parschlug zuerst aufgefundenen Pflanze als mit *Myrsine Caronis* Ung. überein. Ich gab l. c. von dieser fossilen Pflanze Folgendes an: „*Sideroxylon mite* Willd., ein afrikanischer Strauch vom Cap der guten Hoffnung stimmt durchaus mit unserem Fossile derart überein, dass man beide eher für identisch als für verschieden erklären möchte." Auch eine ziemlich gut erhaltene Frucht, Fig. 10, scheint dies bestätigen zu wollen. Sie ist eine trockene Beere, länglich rund, im Durchmesser 7 Linien messend. Zwei Längsfalten scheinen das Innere wie in Fächer zu theilen. Auch diese Frucht ist vom Stiele getrennt und bietet mit der Frucht von *Sideroxylon obovatum* (Gärtner Carp. t. 202) eine grosse Übereinstimmung dar. Zum weiteren Vergleiche habe ich noch die getrocknete Frucht von *Sideroxylon inerme* Lin. vom Cap der guten Hoffnung in Fig. 11 beigefügt.

Chrysophyllum atticum Ung.

Tab. XI, Fig. 12—15.

Ch. foliis longe-ellipticis apice retusis in petiolum longum attenuatis subcoriaceis integerrimis nervo primario recto valido, nervis secundariis numerosissimis reticulo nervorum minimorum conjunctis. Bacca elliptica rugosa.

In formatione miocenica ad Kyme insulae Euboeae.

Die beiden Fig. 12 und 13 dargestellten Blätter stimmen so auffallend in Rücksicht auf Form, Substanz und Nervatur mit den Blättern von *Chrysophyllum ebenaceum* Mart. aus Brasilien überein, dass man nicht leicht eine genauere Übereinstimmung irgendwo finden dürfte. Dahin möchte ich auch jene Beerfrucht bringen, Fig. 14, vergrössert Fig. 15, die im vertrockneten Zustande allerdings mit den Früchten von *Chrysophyllum* übereinstimmt, wie das der Vergleich mit den von Gärtner (Carpol. t. 202) abgebildeten Früchten dieser Gattung zeigt.

Chrysophyllum olympicum Ung.

Tab. XI, Fig. 16—28.

Ch. foliis ellipticis obtusis in petiolum attenuatis integerrimis subcoriaceis, nervo primario valido, nervis secundariis creberrimis tenuissimis, reticulo nervorum minimorum conjunctis.

Chrysophyllum olympicum Ung. Wiss. Ergebn. einer Reise, p. 172, Fig. 34.

In formatione miocenica ad Kyme insulae Euboeae.

In meinen „Ergebnissen einer Reise" habe ich Fig. 34 nur ein unvollständiges Blatt dieser Pflanze in Holzschnitt geben können, wobei die Basis nach Möglichkeit ergänzt worden ist. Ich bin nun im Stande, hier eine Reihe von Blättern dieser Pflanzenart darzustellen, die jedoch insgesammt an Grösse jenem Blatte bei weitem nachstehen.

Allen diesen Blättern ist eine sehr ausgezeichnete Nervatur eigen, die sie hinlänglich von anderen Blättern gleicher Grösse und Form unterscheidet. Aus dem starken geraden Mittelnerven entspringen äusserst zahlreiche feine Secundärnerven in einem Winkel von 65—70°, die durch ein eben so feines Netz von Tertiärnerven unter einander verbunden sind. Von dem Blatte Fig. 18 ist Fig. 18* durch Vergrösserung die Nervatur noch deutlicher gemacht.

Ich habe dieses Fossil mit *Chrysophyllum Martianum* Al. DC. verglichen, welcher Vergleich wohl mit dem mir damals allein bekannten grösseren Blatte, weniger mit den hier gegebenen kleineren Formen passt. Eben diese letzteren würden in den Blättern von

Chrysophyllum maytenoides M a r t. allerdings einen noch besseren Vergleich finden. Nicht zu übersehen ist es jedoch, dass dieselben endlich auch in einigen capensischen *Mimusops*-Arten Verwandtschaften besitzen.

Bumelia kymeana U n g.

Tab. XI, Fig. 29.

B. foliis apice retusis in petiolum longum attenuatis integerrimis, coriaceis, nervo primario validno, nervis secundariis tenuissimis crebris, reticulo nervorum minimorum inter se conjunctis.

Bumelia Oreadum U n g. Wiss. Ergebn. einer Reise, p. 173, Fig. 36, non „Flora von Sotzka".
Myrsine kymeana U n g. Wiss. Ergebn. einer Reise, p. 171, Fig. 31.
Myrsine Proteus U n g. Wiss. Ergebn. einer Reise, p. 172, Fig. 32.

In formatione miocenica ad Kyme insulae Euboeae.

Ich habe in meinem mehr citirten Reisewerke einen doppelten Fehler begangen, einmal dadurch, dass ich eine Blattform als *Bumelia Oreadum* bestimmte und sie mit der in der fossilen Flora von Sotzka beschriebenen Pflanze zusammenbrachte, und zweitens dadurch, dass ich aus unvollkommen erhaltenen vereinzelten Blättern eben dieser Art zwei Arten von *Myrsine* daraus machte, nämlich *M. kymeana* und *M. Proteus*. Wiederholte Auffindungen haben mich eines Bessern belehrt, und da jenes (l. c. p. 173, Fig. 36), so wie das hier Fig. 29 abgebildete Blatt allerdings mit *Bumelia tenax* aus Nordamerika übereinstimmt, und dasselbe auch von den als *Myrsine kymeana* und *M. Proteus* (l. c. p. 171, 172, Fig. 31, 32) benannten Blättern der Fall ist, sie alle als *Bumelia* bezeichnet, als Speciesnamen ihnen aber das Prädicat *kymeana* gegeben.

Bumelia Oreadum U n g.

Tab. XI, Fig. 30.

B. foliis obovatis obtusis in petiolum attenuatis integerrimis subcoriaceis, nervis secundariis tenuissimis subsimplicibus crebris.

Bumelia Oreadum U n g. Foss. Flora von Sotzka, p. 172, Taf. 43, Fig. 7—14.

In formatione miocenica ad Kyme insulae Euboeae.

Rücksichtlich der bei dieser Pflanzenart begangenen Fehler habe ich mich eben ausgesprochen. Das hier Fig. 30 aus Kumi abgebildete Blatt zeigt eine vollständige Übereinstimmung mit den Sotzkaer Petrefacten, so dass ihm allein dieser Name zukommen darf.

Die Vergleichung dieser Blätter mit den gleichen Organen von *Bumelia retusa* S o w. aus Jamaika ist nicht zu verkennen. Hier muss ich noch bemerken, dass unter den Fruchtresten von Kumi allerdings auch solche vorkommen, welche auf die Gattung *Bumelia* bezogen werden können; sie sind jedoch so schlecht erhalten, dass ich nicht wagen darf, davon eine entsprechende Zeichnung mitzutheilen.

Bumelia minor U n g.

Tab. XI, Fig. 31—34.

Bumelia minor U n g. Sylloge plant. foss. III, p. 25, Taf. 6, Fig. 11.—19.

Es ist kein Zweifel, dass die Fig. 31—34 hier abgebildeten Blätter mit den aus Radoboj stammenden und als *Bumelia minor* beschriebenen Blättern übereinstimmen. Auch diese Pflanze lässt sich mit den stärkeren und grösseren Blättern von *Bumelia retusa* S o w. vergleichen. Diese Blätter gehören nicht zu den Seltenheiten von Kumi. In Fig. 34* ist ein Stück der Nervatur des Blattes Fig. 34 vergrössert dargestellt.

III. EBENACEAE.

Euclea relicta Ung.

Tab. XI, Fig. 39.

D. foliis lanceolatis utrinque attenuatis sessilibus integerrimis coriaceis, nervo primario valido, nervis secundariis angulo subrecto exorientibus flexuosis, ramosissimis in rete nervorum ter-
tiariorum laxum divisis.

In formatione miocenica ad Kyme insulae Euboeae.

Ist selten in Kumi, aber sehr ausgezeichnet durch die Nervatur der Blätter, die es mit den Fossilien aus Radoboj gemein hat, deren Beschreibung und Abbildung unter dem Namen *Euclea miocenica* und *E. Apollinis* in der Sylloge pl. foss. III, p. 25 u. 26, Tab. 3, Fig. 8 u. 10 erfolgte. Da die Blätter der eben erwähnten Arten deutlich gestielt sind, dies aber bei den Fossilien von Kumi nicht der Fall ist, so müssen dieselben einer von jenen verschiedenen Art angehörig angesehen werden. Auch *Euclea relicta* hat mit *Euclea desertorum* Ekl. & Zey (l. c. Tab. 8, Fig. 8*) vom Cap der guten Hoffnung eine grosse Übereinstimmung.

Royena graeca Ung.

Tab. XI, Fig. 40—51.

R. calyce firmo patente semiquinquefido deciduo, laciniis inaequalibus ovato-acuminatis extus
striatis 8 millim. longis, margine parum involutis, foliis lanceolatis brevi petiolatis integer-
rimis coriaceis, nervo primario valido, nervis secundariis tenuissimis ramosissimis.

In formatione miocenica ad Kyme insulae Euboeae.

Es kommen nicht selten (Fig. 40—42) in Kumi einzelne lose fünftheilige Kelche vor, von ungefähr 20 Millim. im Durchmesser, deren Structur eine derbe Blattsubstanz verrathen. An einigen derselben bemerkt man deutlich eine Längsstreifung der Lappen; diese selbst sind oval, stumpf zugespitzt am Rande etwas eingerollt und von ungleicher Grösse, so dass man die $^2/_5$-Stellung derselben recht gut zu erkennen im Stande ist. Der Anheftungspunkt für die Frucht ist scheibenförmig, diese selbst fehlt dabei. Mit dem in der Sylloge pl. foss. III, p. 29, Tab. 9, Fig. 18 abgebildeten und beschriebenen Kelche aus Radoboj, den ich als *Diospyros Royena* in die Wissenschaft einführte, haben die Petrefacte aus Griechenland auffallende Ähnlichkeit, doch fehlt zur Vergleichung alles Detail, welches vorzüglich dem ersteren mangelt.

Mit diesen fossilen Kelchen kommen auch solche vor, welche einen kurzen geraden Stiel besitzen. Die Ähnlichkeit derselben mit den Kelchen von *Macreightia germanica* Heer ist gross, allein so unvollkommen auch ihre Erhaltung ist, Fig. 43—49, so erscheinen sie dennoch nicht dreitheilig, wie das bei der genannten Pflanze der Fall ist, sondern fünftheilig, obgleich die Theile oder Lappen nicht immer deutlich genug hervortreten. Auch fehlt denselben die sie auszeichnende Nervatur. Ich muss also diese gestielten Kelche mit jenen, denen die Stiele fehlen, in eine Art vereinigen.

Erst mit der letzten Sendung der Petrefacte aus Kumi ist mir auch die Frucht dieser *Royena* in einem sehr wohl erhaltenen Exemplare, Fig. 50, zugekommen. Es ist eine vierfächerige trockene Beerfrucht, wie sie eben bei der Gattung *Royena* vorkommt. Forschen wir nun weiter auf diesem sicheren Wege, so steht nichts entgegen, in der capensischen *R. brachiata* E. M. die unserem Fossile zunächst stehende Pflanze zu erblicken. Ist es erlaubt, nach den vorhandenen Anzeichen die ergänzte Frucht der fossilen *R. graeca* darzustellen, so müsste sie ungefähr so ausgesehen haben, wie das Bild, Fig. 50*, sie gibt. Vergleicht man nun dieselbe mit der Frucht von *R. brachiata*, Fig. 52, so springt die generische, ja selbst fast eine specifische Übereinstimmung in die Augen. Es war nun weiters geboten, zu dieser keineswegs seltenen Pflanzenart von Kumi auch die wahrscheinlich zugehörigen Blätter zu finden.

Nimmt man hiebei wieder *R. brachiata* zum Anhaltspunkt, so dürfte das Fig. 51 beigefügte, in Fig. 51* vergrössert gezeichnete Blatt vielleicht am ehesten zu den gesonderten Kelchen und Früchten passen. Die Ähnlichkeit desselben mit dem Blatte von *R. brachiata* ist nicht zu verkennen, besonders wenn man ausser der Gestalt und Grösse auch noch die Substanz und vor allem die Nervatur berücksichtigt.

Royena Amaltheae Ung.

Tab. XIV, Fig. 1.

R. foliis minimis ovato-lanceolatis obtusis in petiolum attenuatis integerrimis coriaceis, nervis secundariis crebris tenuibus ramosis reticulatim conjunctis.

In formatione miocenica ad Kumi insulae Euboeae.

Dieses kleine Blatt, wozu noch mehrere andere minder gut conservirte Blätter passen, könnte auf den ersten Blick für das Blatt eines *Vaccinium* gehalten werden. Dagegen spricht aber einerseits die derbe lederartige Beschaffenheit, andererseits der eingerollte Rand und insbesonders die Nervatur, die wie die beigefügte vergrösserte Zeichnung, Fig. 1* zeigt, nur den Blättern der Ebenaceen eigen ist.

Unter den lebenden *Royena*-Arten ist die am Cap der guten Hoffnung sehr verbreitete *R. hirsuta* Lin. als nächster Verwandter zu bezeichnen.

Royena Euboea Ung.

Tab. XIV, Fig. 2—4.

R. foliis minimis petiolatis cuneato-orbicularibus coriaceis integerrimis, nervo primario valido, nervis primariis inconspicuis.

In formatione miocenica ad Kyme insulae Euboeae.

Unter den vielen strauch- und baumartigen *Royena*-Arten, die ausschliesslich bisher nur in den Capländern gefunden worden sind, zeichnet sich die Mehrzahl durch kleine, trockene lederartige, häufig behaarte Blätter aus. Auch diese kleinen Blätter, an denen man ausser dem starken Mittelnerven keine weitere Nervatur zu erkennen im Stande ist, kommen zunächst den Blättern der *Royena* gleich, und unter diesen ist es *R. cuneifolia* E. M., mit deren Blättern sich die Fossilien zunächst vergleichen lassen. Ich unterlasse es, eine Abbildung dieser Art zur Vergleichung beizufügen.

Royena myosotis Ung.

Tab. XIV, Fig. 5—8.

R. calyce quinquefido persistente quatuor lineas lato, laciniis inaequalibus, foliis minimis linearilanceolatis in petiolum brevem attenuatis integris coriaceis, nervo medio solo distincto.

Diospyros myosotis Ung. Flora von Sotzka, p. 172, Taf. 42, Fig. 15, 16.
Diospyros myosotis Ung. Sylloge plant. foss. III, p. 28, Taf. 9, Fig. 13—16.
In formatione miocenica ad Kumi insulae Euboeae.

Ohne Zweifel sind die hier abgebildeten beiden Blätter ebenfalls *Royena*-Blätter und können namentlich mit jenen von *R. polyandra* und insbesonders der *R. angustifolia* W. verglichen werden. Sowohl diese wie die übrigen kleinen Blätter und Blättchen sind wahrscheinlich bei der Aufsammlung der Petrefacte weniger beachtet worden als andere grössere Blattabdrücke, daher in den mir zugekommenen Sammlungen nur sehr sparsam vorhanden.

Zu diesen Blättern bringe ich auf gut Glück die beiden fünflappigen Kelche, die wohl nur der Gattung *Royena* angehören dürften. Ich habe sie früher als *Diospyros myosotis* beschrieben und abgebildet.

Royena Pentelici Ung.

Tab. XIV, Fig. 9.

R. foliis minimis ovato-ellipticis petiolatis integerrimis coriaceis, nervis secundariis subsimplicibus fere inconspicuis.

In formatione miocenica ad Kumi insulae Euboeae.

Auch dieses kleine Blatt, einem *Vaccinium* ähnlich, kann ich nirgend besser als unter die Gattung *Royena* bringen, deren 18 Arten grösstentheils kleinblätterige Sträucher bilden. Es fehlt auch für dieses Petrefact keineswegs an passenden Analogien, und namentlich kann *R. glabra* Lin. als dessen nächster Verwandter geltend gemacht werden.

CLASSIS **BICORNES.**

ORDO.

Ericaceae.

ERICACEAE.

Andromeda protogaea Ung.

Tab. XIV, Fig. 10.

Andromeda protogaea Ung. Foss. Flora von Sotzka, p. 43, Taf. 23, Fig. 1—9.

Bisher nur in einem einzigen Exemplare in Kumi aufgefunden.

Die linear-lanzettliche oder beinahe langgezogene elliptische Form der Blattfläche, mit welchem ein anderthalb Zoll langer Stiel verbunden ist, stimmt mit dem Sotzkaer Petrefact vollkommen überein. Während jedoch an letzterem von der Nervation fast nichts zu erkennen ist, lässt sich diese an dem griechischen Fossile theilweise vollkommen bis in das kleinste Detail erkennen, wesshalb hier auch Fig. 10* ein Theil des Blattes vergrössert dargestellt wurde. Es bestätigt dies auch den richtigen Vergleich mit den Blättern von *Andromeda coriifolia* (*A. multiflora* Pohl) und anderen brasilianischen Arten. Die auf Ta.f. 23 *a* in der Flora von Sotzka von einer noch unbestimmten Art zum Vergleiche gegebene Abbildung hat eben so zarte unter einem ziemlich spitzen Winkel entspringende Seitennerven wie unsere fossile Art.

CLASSIS **OISCANTAE.**

ORDO.

Araliaceae.

ARALIACEAE.

Cussonia polydrys Ung.

Tab. XVII, Fig. 1.

C. foliis digitato-palmatis longe-petiolatis ultra pedem longis, pedem fere latis, foliolis septenis longe-petiolatis varie inciso-lobatis, lobis e basi lata lanceolatis acuminatis irregulariter angulato-dentatis, lateralibus duobus v. tribus oppositis, lobo terminali simplici producto.

In formatione miocenica ad Kyme insulae Euboeae.

Es gehört dieses Petrefact unstreitig zu den interessantesten und besterhaltenen der Localität Kumi, so wie der tertiären Lager überhaupt, und ist daher auch viel sicherer auf die Familie und auf die Gattung der jetzt lebenden analogen Gewächse zurückzuführen als manches andere.

Ich kenne diesen schönen in Fig. 1 der Taf. XVII abgebildeten Abdruck leider nicht im Originale, sondern nur nach einer Zeichnung auf Strohpapier, welche ich der Gefälligkeit der Herren Conservatoren und Ephoren des naturhistorischen Museums in Athen, Th. v. Heldreich und H. Mitzopulos verdanke. Dieses Petrefact scheint erst in letzterer Zeit durch Herrn Wourlisch in Kumi erbeutet worden zu sein, aus dessen Hand es in das Naturaliencabinet von Athen überging.

Herr v. Heldreich schrieb mir, dass dieser Abdruck als Doppelplatte vorhanden sei, daher auch, wie zu vermuthen, unverbrochen gewonnen wurde. Die Strohpapierzeichnung ist nach dessen Versicherung möglichst genau nach dem Originale ausgeführt worden.

Die Vollständigkeit dieses Fossiles zeigt ein handförmig gefingertes Blatt von grösster Dimension, an welchem aus der Spitze eines beinahe 8 Zoll langen und über eine Linie breiten, runden Stieles die einzelnen Theilblättchen entspringen und fächerförmig von einander abstehen. Die Zahl der Theilblätter ist 7, so dass das mittelste das grösste, die nachfolgenden etwas kleiner und die äussersten allen anderen an Grösse nachstehen. Ohne Ausnahme sind alle Theilblätter lang gestielt, haben eine Länge von 5—7$\frac{1}{2}$ Zoll und sind durch tiefe Einschnitte und Buchten in eine grössere oder kleinere Anzahl von Lappen zerschlitzt, die meist eine gegenständige Lage behaupten. Ausser dem Mittellappen, in dem der Mittelnerv verläuft, sind in jedem Theilblatte noch 1—3 Paar Seitenlappen vorhanden, wovon die beiden untersten gewöhnlich in einem mehr oder weniger eingeschnittenen Seitenlappen verschmelzen. Bis auf den Mittellappen entspringen alle anderen aus breiter Basis und nehmen eine lanzettförmige Gestalt an. Leider lässt sich aus der Zeichnung über die Randbildung der Lappen nichts Sicheres entnehmen, da man aus derselben nicht zu entscheiden vermag, was Bruch und Verstümmelung und was normale Beschaffenheit ist; doch scheint so viel hervorzugehen, dass dieselben mit abstehenden zahnartigen Hervorragungen unregelmässig besetzt gewesen sind. Eben diese Randverletzungen scheinen mir aber darauf hinzudeuten, dass das

Blatt nicht vollkommen eben und mehr von derber als hautartiger Beschaffenheit gewesen sein mag.

Noch weniger klar tritt die Nervation hervor, da man ausser dem jedem Theilblatte zukommenden starken Mittelnerven, der bis in die Spitze desselben ausläuft, nur die stärkeren die seitlichen Lappen versehenden Secundärnerven wahrzunehmen im Stande ist.

Diese ausgezeichnete Blattform hat nur in wenigen dermalen existirenden Pflanzenfamilien ihre Analoge. Herr v. Heldreich hat ganz richtig dieselbe in die Verwandtschaft mit der Blattform der Aralien gesetzt. Wenn sich auch noch in anderen Familien ähnliche Formen finden, wie das namentlich bei den Papayaceen, Malvaceen, Sterculiaceen, einigen Euphorbiaceen u. s. w. der Fall ist, so ist doch bei den Araliaceen die Übereinstimmung eine viel durchgreifendere und nach mehrfachen Beziehungen standhaltende.

Aber auch unter den Araliaceen kann nicht ohne Unterschied jede Gattung mit dem Fossile von Kumi zusammengestellt werden. So passen z. B. alle mit einfachen oder mit gefiederten Blättern versehenen Gattungen weniger, als deren Blätter mit „*palmatim composita*“ bezeichnet werden. Es sind daher, ohne alle Gattungen aufzuzählen, weder *Aralia* noch *Hedera* und eben so wenig *Panax* als vergleichbar zu nennen, obwohl dieselben bereits im fossilen Zustande gefunden worden sind.

Ich erwähne in dieser Beziehung von diesen Gattungen und Arten:

Hedera Kargii A. Braun (O. Heer Flora tert. helv. III, p. 26, tab. 105, fig. 1—5).
Hedera Mac Clurii Heer Über den versteinerten Wald von Atane-Kerdluk, p. 279.
Hedera Strozzii Gaud. Mém. sur quelques gisements des feuilles foss. de la Toscane, p. 37, Tab. 12, Fig. 1, 2.
Hedera Helix var. *hibernica* Gaud. Contr. à la flore foss. ital. Mém. V., Tab. 2, Fig. 3—5.
Aralia malpighiaefolia Mass. Studii sulla flor. foss. e geol. strat. de Senigalense, p. 301, Tab. 38, Fig. 17. (Sehr zweifelhaft.)
Panax longissimus Ung. Flor. v. Sotzka, p. 44, tab. 24, fig. 21—23.
Panax circularis O. Heer. Flor tert. helv. III, p. 194, tab. 154, fig. 9. *(Peucedanites.)*

Von allen diesen ist das in Rede stehende Fossil weit verschieden und wir werden in einer anderen Gattung und zwar in der Gattung *Cussonia* nun die nächsten Verwandten zu suchen haben.

Unter den am Cap der guten Hoffnung und in Neu-Seeland verbreiteten Arten dieser Gattung, die sich durch 3—7 gefingert-zusammengesetzte Blätter auszeichnen, ist *Cussonia spicata* Thunb. zuerst zu nennen. Würde das Mittelblättchen dieser Art an der Spitze nicht dreitheilig sein, so könnte allerdings eine Parallele mit dem fossilen Blatte gezogen werden. Dasselbe gilt auch für *Cussonia Krausii* Hochst. vom Cap. Viel passender bewährt sich *Cussonia thyrsiflora* Thnb., ein gleichfalls capensischer Strauch mit seinen langgestielten fingerförmig zusammengesetzten Blättern, deren Theilblätter eben solche buchtige Zerschlitzungen wie das fossile Blatt zeigen. Es wird daher nicht unpassend sein, ein Stück dieses Blattes Fig. 2 zum Vergleiche hier beizugeben. Indess fehlt es nicht auch an anderen Analogien, um so mehr als die Blätter der *Cussonia*-Arten, namentlich der fiederschnittigen, in der Regel einer grossen Variabilität unterworfen sind, so dass selbst Blätter an einer und derselben Art, ja selbst an einem Individuum auf das Mannigfaltigste abweichen.

Betrachtet man von dem fossilen Blatte die einzelnen Theilblätter für sich und von dem gemeinschaftlichen Blattstiele getrennt, so gleichen dieselben mit Ausnahme des etwas langen Stieles nicht wenig jenen einiger Eichen, wie z. B. *Quercus cruciata* Heer, *Quercus agnostifolia*

Heer (l. c. II, Tab. 77, Fig. 10—12, III, Tab. 151, Fig. 27) *Quercus angustiloba* A. Br. Palaeontogr. VIII, Tab. 36, Fig. 3 u. s. w. und würden dieselben gesondert gefunden worden sein, so hätte man sicherlich keinen Anstand genommen, dieselben für Eichenblätter zu erklären.

Auf diese Ähnlichkeit hin habe ich dem Fossile auch einen entsprechenden Artnamen gegeben.

CLASSIS **ACERAE.**

ORDO.

Acerineae, Sapindaceae.

I. ACERINEAE.

Acer trilobatum A. Braun.

Tab. XII, Fig. 28, 29, 30.

Es ist über diese viel verbreitete Art nichts weiter zu sagen, als dass in Kumi bisher ausser einer sehr macerirten Frucht, Fig. 30, nur einige wenige Blätter gefunden wurden, von denen zwei, obgleich einigermassen beschädigt, dennoch hier unter Fig. 28 und 29 dargestellt sind. Diese Pflanze muss daher entweder sehr wenig verbreitet oder unter Localverhältnissen gewesen sein, die die Conservirung ihrer Abfälle sehr erschwert haben.

II. SAPINDACEAE.

Sapindus graecus Ung.

Tab. XII, Fig. 1—23.

S. foliis pinnatis? foliolis longe petiolatis oblique lanceolato-acuminatis interdum subfalcatis integerrimis subcoriaceis, nervatione brochidodroma, nervo primario valido, nervis secundariis crebris tenuissimis ramosis, nervulis tertiariis obliquis inter se conjunctis.

Sapindus graecus Ung. Wiss. Ergebn. einer Reise, p. 176, Fig. 42.

In formatione miocenica ad Kyme insulae Euboeae.

Als ich selbst mich in Kumi mit der Aufsammlung von Petrefacten beschäftigte, gelang es mir, nur ein Blattfragment dieser Art, welchem der charakteristische Theil — der Stiel — fehlte, zu erbeuten. Dieses Blattfragment, am ehesten mit *Sapindus Ungeri* Ett. (Sylloge pl. foss. I, p. 34, Tab. 20, Fig. 1—6) übereinstimmend, habe ich in meinen „Wiss. Ergebn. einer Reise", p. 176, Fig. 42 abgebildet.

Seither sind mir aber eine grosse Menge dieser Blattformen durch Herrn Wourlisch in die Hände gekommen, so dass sich hieraus deutlich ergibt, dass man hier es nicht mit der Radobojer Pflanze zu thun hat.

Diese Blätter in der Länge von $1^1/_2$—$3^1/_2$ Zoll, mit entsprechender Breite, sind lanzettförmig und laufen in eine lange stumpfe Spitze aus. Auffallend ist ihr langer dünner Blattstiel, der zwar nicht für ein Theilblättchen eines zusammengesetzten Blattes sprechen würde, wenn es nicht die übrigen Merkmale thäten. Diese sind nun die nicht selten hervortretende ungleiche Basis, ferner die zuweilen bis ins sichelförmige gebogene Gestalt und die bedeutende Abänderung in der Grösse. Trotz der fast lederartigen Beschaffenheit der Substanz ist die Nervatur dennoch meist ausgezeichnet hervortretend und gut erhalten, wie das aus den vergrösserten Abbildungen der Blätter Fig. 4, 5, 6 und 8 in Fig. 4*, 5*, 6* und 8* ersichtlich ist.

Hält man namentlich Fig. 5* und 6* mit den von *Sapindus Ungeri* (Iconogr. l. c. Tab. 20, Fig. 3 *a* und 4 *a*) zusammen, so lässt sich wohl kaum zweifeln, dass man hier Blätter sehr nahe stehender, doch nicht gleich gearteter Pflanzen vor sich hat. Der Unterschied liegt indess mehr in der Länge des Blattstieles und in der Blattsubstanz, als in der Beschaffenheit der Nervenvertheilung. Eine Anomalie zeigt nur das Blatt Fig. 4, dessen Secundärnerven unter einem beinahe rechten Winkel von den Primärnerven abtreten, während sie in den übrigen Fällen einen Winkel von 50—70° bilden, indess finden sich auch hierin Übergänge, wie namentlich Fig. 8 und 8* zeigt. An Analogien für diese fossile Art fehlt es mir bisher noch, doch schliessen sich diese Blattformen nicht undeutlich an südafrikanische Formen an.

Nephelium Jovis Ung.

Tab. XII, Fig. 24—27.

N. frutu globoso indehiscente monospermo, pericarpio tuberculatim rugoso, semine orbiculari compresso levi, foliis pinnatis? foliolis longe petiolatis lanceolatis acuminatis integerrimis coriaceis, nervo primario excurrente, nervis secundariis pinnatis camptodromis, nervillis tertiariis obliquis inter se conjunctis.

In formatione miocenica ad Kumi insulae Euboeae.

Nicht nur Blätter, sondern auch eine Frucht hat sich von dieser ausgezeichneten Baumart vorgefunden. Es ist Fig. 24 ein breiter flacher kreisrunder Same von mehr als einem halben Zoll im Durchmesser mit glatter Oberfläche, der, wie der ihn umgebende Rand zeigt, von einer fleischig-lederartigen Fruchthülle umgeben war. Diese Fruchthülle trägt sehr deutlich alle Merkmale einer warzigen Oberfläche und gibt dadurch der Frucht ein so ausgezeichnetes Merkmal, dass es keinem Zweifel unterliegt, in den ganz ähnlich gebauten in Indien und China einheimischen Früchten von *Nephelium Longana* Cambess. das passendste Gegenbild zu finden.

Nach diesen Rücksichten habe ich es denn auch versucht, die fossile Frucht in Fig. 24* zu restauriren. Es darf nicht Wunder nehmen, dass im Fossil der fleischige Arillus, der den Samen ursprünglich umgab, nicht kenntlich ist. Was die Blätter betrifft, von denen hier nur die Theilblättchen zur Sprache kommen können, so stimmen sie weniger mit den entsprechenden Theilen von *Nephelium Longana*, wohl aber mit jenen von *Nephelium Litschi* Loureiro überein, welche Pflanze gleichfalls lange, gestielte, lanzettförmige, zugespitzte, ganzrandige und lederartige Theilblättchen besitzt, und zwar mit einer Nervatur versehen, welche sich von der in unserem Fossile kaum unterscheiden lässt. Auch bei *Nephelium Litschi* wechselt die Grösse dieser Theile auffallend und oft mehr als um die Hälfte. Aber noch auffallender ist die Übereinstimmung einer noch unbestimmten *Nephelium*-Art von den Philippinischen Inseln, indem bei derselben auch die grosse Länge der Blattstiele ins Gewicht fällt.

CLASSIS **FRANGULACEAE.**

ORDO.

Pittosporeae, Celastrineae, Ilicineae, Rhamneae.

I. PITTOSPOREAE.

Pittosporum ligustrinum Ung.

Tab. XIII, Fig. 27.

P. foliis alternis linearibus longe petiolatis subcoriaceis, nervo medio crasso, nervis secundariis e nervo primario exeuntibus crebris fere inconspicuis.

Pittosporum lingustrinum Ung. Wiss. Ergebn. einer Reise, p. 176, Fig. 43.

Unter den mir später zugekommenen Petrefacten ist nur ein einziges Blatt gewesen, was sich mit dem früher gesammelten und im obgedachten Werke beschriebenen Petrefacte vergleichen lässt, ohne die vollkommene Identität beider mit Sicherheit behaupten zu wollen. Das Blatt ist grösser als jene beiden Blätter, aber gleichfalls linear und mit einem langen Stiele versehen. Von der Nervatur ist hier mehr ersichtlich als dort; die zahlreichen aus dem dicken Mittelnerven entspringenden Secundärnerven gehen einfach oder gabelförmig getheilt dem Rande zu.

Ob nun die Vergleichung dieses Petrefactes mit *Pittosporum ligustrifolium* Al. Cuning vom Swan River noch passend ist, möchte ich nunmehr anheimgestellt sein lassen.

II. CELASTRINEAE.

Celastrus Persei Ung.

Tab. XIII, Fig. 7—9.

Celastrus Persei Ung. Foss. Flora von Sotzka, p. 47, Tab. 30, Fig. 1.

Nur in sparsamen Exemplaren in Kumi bisher gefunden, wovon hier die drei besterhaltenen abgebildet sind. Fig. 7 stimmt sowohl mit *Celastrus Persei* Ung. l. c. von Sotzka am meisten überein, weniger Fig. 9, das sich eher mit *Celastrus dubius* vereinigen liesse, wenn nicht am Ende diese beiden Arten wahrscheinlich eine einzige Art bilden, zu dessen Entscheidung aber das vorhandene Material nicht ausreicht.

Celastrus oxyphyllus Ung.

Tab. XIII, Fig. 10, 11.

Celastrus oxyphyllus Ung. Sylloge plant. foss. II, p. 8, Tab. 2, Fig. 4.

Ich habe in der zuvor genannten Abhandlung *Celastrus oxyphyllus* der Sotzkaer Flora mit *Celastrus Andromedae* und *Evonymus Pythiae* vereinigt.

Nach dieser Stellung dürfte das hier abgebildete Blatt zu keiner anderen als zu dieser Art gezählt werden.

Die Ähnlichkeit mit *Celastrus acuminatus* Lin. vom Cap der guten Hoffnung ist nicht zu verkennen.

Celastrus graecus Ung.

Tab. XIII, Fig. 12, 13.

C. foliis late ovatis acuminatis brevipetiolatis tenuissime serratis coriaceis, nervatione brochydo-droma, nervis omnibus vix distinctis.

In formatione miocenica ad Kumi insulae Euboeae.

Es ist eine schwere Sache, in den Celastrineen und namentlich in der Gattung *Celastrus*, deren bisher so viele Arten aufgestellt sind, die richtigen Anhaltspunkte für die Systematik der fossilen Formen zu finden. Daran trägt vorzüglich die Seltenheit der Vorkommnisse, so wie die häufig üble Erhaltung der Abdrücke und der Blattbeschaffenheit die Schuld.

Offenbar gehören die hier abgebildeten beiden Blätter, wovon das eine fein gesägt, das andere ganzrandig erscheint (wahrscheinlich nur darum, weil der Rand etwas eingerollt ist) ebenfalls zur Gattung *Celastrus*. Sie wollen jedoch zu keiner der bereits beschriebenen fossilen Arten vollkommen passen, wenn nicht vielleicht am ehesten noch mit *Celastrus oxyphyllus* (Foss. Flora von Sotzka, Tab. 51, Fig. 22—24).

In dieser Unsicherheit hielt ich es für zweckmässiger, sie als eine eigene Art aufzustellen und zu bezeichnen.

III. ILICINEAE.

Ilex cyclophylla Ung.

Tab. XIII, Fig. 14.

Ilex cyclophylla Ung. Sylloge plant. foss. II, p. 13, Taf. 3, Fig. 7, 8.

Da nur dieses einzige Blatt vorliegt, so ist es schwer, über seine Bestimmung etwas Sicheres zu sagen. Am meisten kommt es wohl mit *Ilex cyclophylla* überein, welche Art bisher in Parschlug, jedoch ohne Stiel gefunden wurde, obgleich dieser dem lebenden Blatte kaum gefehlt haben dürfte. Grösser scheint mir der Unterschied in der Nervatur, indem in unserem vorliegenden Petrefacte zwei starke Basalnerven vorhanden sind, die den als *Ilex cyclophylla* beschriebenen Blättern fehlen.

Ilex neogena Ung.

Tab. XIII, Fig. 15—18.

Ilex neogena Ung. Sylloge plant. foss. II, p. 13, Taf. 3, Fig. 9—13.

Derselbe Fall wie bei dem vorhergehenden Blatte tritt auch hier ein, obgleich die Vergleichungspunkte besser mit den a. a. O. gegebenen Abbildungen passen. Es scheint mir trotz aller Unähnlichkeit das zuvor beschriebene Blatt mit dem jetzt genannten zu einer und derselben Art zu gehören. Vollständigere Sammlungen können allein hierüber Licht verbreiten.

Ilex ambigua Ung.

Tab. XIII, Fig. 19—25.

Ilex ambigua Ung. Sylloge plant. foss. II, p. 14, Taf. 13, Fig. 28—33.

Sicherer als die beiden früheren Bestimmungen dürfte diese sein, wenigstens ist die Übereinstimmung dieser an Formen reichen Art mit der genannten Art, die sowohl in Parschlug als in Radoboj vorkommt, in die Augen fallend.

Sowohl von dem Blatte Fig. 19, als vom Blatte Fig. 24 sind vergrösserte Darstellungen der Nervatur in den Figuren 19* und 24* beigegeben, die wohl ganz den Charakter der *Ilex*-Blätter an sich tragen.

Prinos Euboeos Ung.

Tab. XIII, Fig. 26.

P. foliis lanceolatis utrinque attenuatis integerrimis vel tenuissime denticulatis longe petiolatis membranaceis, nervis secundariis tenuibus subsimplicibus, rete nervorum minimorum exculpto.

Prinos Euboeos Ung. Wiss. Ergebn. einer Reise, p. 175, Fig. 40.

Ebenfalls nur in einem einzigen Blatte vorhanden, das jedoch durch seine feine Crenatur des Randes von dem a. a. O. abgebildeten abweicht, so wie auch hier die Secundärnerven weniger gekrümmt sind als dort. Indess stimmt dieses Blatt eben durch seinen gekerbten Rand besser zu den Blättern von *Prinos verticillatus* Lin., einem nordamerikanischen Strauche, als das früher beschriebene Blatt. Von dem fossilen *Prinus radobojanus* unterscheidet es sich nur durch den minderen Umfang.

IV. RHAMNEAE.

Rhamnus brevifolius A. Braun.

Tab. XIII, Fig. 1—6.

Rh. foliis brevipetiolatis ellipticis orbicularibusque subcoriaceis integerrimis apice interdum retusis uni-tripollicaribus, nervis secundariis utrinque paucis (4—5) camptodromis rete nervulorum tertiariorum inter se conjunctis.

In formatione miocenica ad Kumi insulae Euboeae.

O. Heer hat in seiner Tertiärflora der Schweiz (III, p. 18, Tab. 123, Fig. 27—30) eine *Rhamnus*-Art beschrieben und abgebildet, die ganz mit unseren Fossilien von Kumi, Fig. 4, 5, übereinstimmt. Heer hat nur kleinere Blätter aus Öningen, Locle, hohen Rhonen, La Barde bei Lausanne und St. Gallen vor sich gehabt. In Kumi kommen aber noch einmal so grosse vor, die allerdings den Blättern einer anderen Art gleichsehen würden, wenn nicht die Nervatur ganz und gar mit den kleineren Formen übereinstimmte. Ich habe nun diese zur Vergleichung in einer vergrösserten Abbildung, Fig. 6*, beigegeben, obgleich gerade an diesem am Rande etwas eingerollten Blatte die Verschlingung der Endtheile der Secundärnerven minder deutlich ersichtlich ist, dafür aber das Netz der Tertiärnerven um so klarer hervortritt.

Diese Art stimmt indess auch mit dem von mir beschriebenen *Rhamnus aizoides* überein, und es könnte wohl sein, dass beide fossile Arten nur Eine Art ausmachten, so wie ich dafür halte, dass man bisher viel zu viele fossile Arten dieser Gattung aufgestellt hat.

Heer vergleicht diese fossile *Rhamnus*-Art mit *Rhamnus tetragonus* vom Cap der guten Hoffnung.

CLASSIS **TEREBINTHINEAE.**

ORDO.

Juglandeae, Anacardiaceae, Burseraceae, Conaraceae.

I. JUGLANDEAE.

Juglans attica Ung.

Tab. XIV, Fig. 11, 12.

*J. foliis impari pinnatis? multijugis? foliolis oblongis subfalcatis petiolatis tenuibus sesquipolli-
cem latis integerrimis, nervo primario valido, nervis secundariis crebris curvatis parallelis
apice inter se conjunctis.*

In formatione miocenica ad Kyme insulae Euboeae.

Es liegen mir aus der vorletzten Sendung nur zwei Fiederblättchen, Fig. 11 und 12 vor,
die ich weder zu *Juglans radobojana* noch zu *J. parschlugiana* bringen kann, wie ich es mit
einem noch unvollkommneren Exemplare irriger Weise that, indem ich es für übereinstimmend mit letzterer Art hielt (Ergebn. einer Reise, p. 179).

Es weichen diese beiden Blättchen sowohl durch ihre Form, wie durch ihre Grösse von
den beiden genannten Arten, von letzterer insbesonders noch durch die Nervatur ab. Das
seltene bisher nur bruchstücksweise Vorkommen dieser Petrefacte erlaubt keine genaueren
Vergleiche mit den übrigen bisher bekannten *Juglans*-Arten anzustellen, daher die obige
Bestimmung nur als eine vorläufige zu gelten hat.

Carya bilinica Ung.

Tab. XIV, Fig. 13.

Carya bilinica Ung. Sylloge plant. foss. I, p. 39, Taf. 17, Fig. 1—10.

Ich vermag dieses Blatt, welches allein bisher in Kumi vorkam, nirgendwo besser ein-
zureihen, als unter die Gattung *Carya* zu bringen, wo sie mit *Carya bilinica* noch am ersten
übereinstimmt. Diese Art wurde bisher in Bilin, in Swoszowice und in Taufen aufgefunden;
kürzlich erhielt ich sie auch aus Radoboj.

II. ANACARDIACEAE.

Rhus Helladotherii Ung.

Tab. XIV, Fig. 14, 15.

*Rh. foliis trifoliolatis? foliolis lineari-lanceolatis acuminatis, brevipetiolatis integerrimis membra-
naceis, nervis secundariis crebris simplicibus ansis nervulorum laxis inter se conjunctis.*

In formatione miocenica ad Kumi insulae Euboeae.

Diese Bestimmung muss so lange als zweifelhaft gelten, als nicht eine grössere Menge
von Theilblättchen gefunden und weitere Anhaltspunkte für die vorausgesetzte Dreizähligkeit
gewonnen werden.

In den Blättern von *Rhus angustifolia* Lin. und *Rh. viminalis* Vahl. vom Cap der guten
Hoffnung lassen sich entfernte Ähnlichkeiten wahrnehmen.

Rhus antilopum Ung.

Tab. XIV, Fig. 16.

Rh. foliis pinnatis? foliis ovato orbicularibus brevi petiolatis integerrimis membranaceis, nervis
secundariis pinnatis simplicibusque.

In formatione miocenica ad Kumi insulae Euboeae.

Auch dieses Blattpaar, welches zufällig bei der Einschliessung in den Schlamm über
einander zu liegen kam, hat eben dadurch die Meinung erregt, sie könnten wohl die Theilblättchen eines Folium pinnatum sein. Allerdings gibt es Blätter von *Rhus*-Arten, die Ähnlichkeiten mit diesen Fossilien zeigen.

III. BURSERACEAE.

Amyris Berenices Ung.

Tab. XIV, Fig. 17—20.

A. drupa ovali, putamine chartaceo monospermo foliis ternatis? foliolis ovato-lanceolatis obtusis
tenuissime serratis petiolatis membranaceis, nervis secundariis ramosis.

In formatione miocenica ad Kyme insulae Euboeae.

Sowohl die hier Fig. 20 abgebildete Frucht, von der Fig. 20* eine Vergrösserung beigegeben ist, als die Blättchen sind nur mit einigem Zweifel zur Gattung *Amyris* zu bringen.
Ähnliche Früchte aus Radoboj habe ich in meiner Syll. plant. foss. I, p. 47, Tab. 21, Fig. 17
bis 22 zur Gattung *Elaphrium* gebracht. Es ist schwer zu entscheiden, ob die in Rede stehende Frucht von Kumi nicht auch hieher gehörte, obgleich zwischen beiden Verschieden-
heiten nicht undeutlich zu erkennen sind.

Was die Blättchen betrifft, so könnten sie wohl Theilblättchen eines zusammengesetzten
Blattes sein und insoferne mit den Theilblättchen von *Amyris nana* Roxb. verglichen werden.

Amyris Canopi Ung.

Tab. XIV, Fig. 21.

A. foliis ternatis? foliolo medio longe-petiolato suborbiculari crenato membranaceo, nervis secun-
dariis confertis divisis.

In formatione miocenica ad Kyme insulae Euboeae.

So zweifelhaft es auf den ersten Blick erscheint, in diesem Petrefacte das Theilblättchen
eines zusammengesetzten Blattes zu erkennen, so geht aus der Vergleichung mit den Blättern
von *Amyris maritima* Lin. hervor, dass der lange Blattstiel auch in dieser Pflanze dem Mittelblättchen zukommt. Eben so stimmt die Totalform und die Crenatur des Randes, so wie
die membranöse Beschaffenheit mit demselben vollkommen überein, ja, wie aus der Ver-
letzung der Spitze unseres Petrefactes hervorgeht, scheint auch bei diesem die kleine hervor-
ragende Spitze, wie bei *A. maritima* nicht gefehlt zu haben. Noch mehr aber als alles dieses
spricht die Nervatur für die Übereinstimmung mit der genannten Pflanze; ganz derselbe
gestörte Parallelismus der Seitennerven, dieselbe Verzweigung und Bildung lockerer Maschen
zeichnet es aus.

IV. CONARACEAE.

Omphalobium relictum Ung.

Tab. XIV, Fig. 22—25.

*O. foliis pinnatis? foliolis ellipticis uni- bipollicaribus breviter petiolatis integerrimis subcoria-
ceis nervosis, nervis secundariis crebris ramosis ramulis inter se conjunctis.*

Andira relicta Ung. Wiss. Ergebn. einer Reise, p. 183, Fig. 56.

In formatione miocenica ad Kyme insulae Euboeae.

Ich habe in meinem oft angeführten Werke diese Petrefacte mit den Theilblättchen einer
Dalbergiee, namentlich mit der amerikanischen *Andira pauciflora* Pohl verglichen, habe aber
dabei bemerkt, dass ungeachtet der formellen Übereinstimmung in Grösse, Gestalt und Stiel
doch die Nervatur in beiden verschieden sei. Indess auch der mehr stumpfe Winkel, in welchem die Secundärnerven von den Primärnerven entspringen, scheint, wie Fig. 25 zeigt,
nicht constant, und daher die Verwandtschaft mit dieser *Leguminose* einem gerechten Zweifel
unterworfen zu sein.

Dagegen scheinen die Blättchen einer ganz anderen Pflanze, nämlich des *Omphalobium
discolor* Lond. von Port Natal durch ihre mehr lederartige Beschaffenheit bei den übrigen
ähnlichen Eigenschaften eine viel grössere Übereinstimmung mit unserem Fossile zu besitzen.

Ich gebe hier Fig. 26 die Abbildung des Blattes und Fig. 26* das vergrösserte Bild
eines Theilblättchens dieses *Omphalobium*. Vergleicht man nun diese mit Fig. 23 und 24 und
vergrössert Fig. 23* und 24* der Petrefacte, so stellt es sich nicht mehr als zweifelhaft, sondern als höchst wahrscheinlich heraus, dass unser Fossil dieser Conaraceen-Gattung angehört und mit *Omphalobium* von Süd-Afrika zunächst verwandt ist.

CLASSIS **CALYCIFLORAE.**

ORDO.

Combretaceae.

COMBRETACEAE.

Terminalia radobojana Ung.

Es ist bisher nur das einzige Blatt gefunden worden, welches in den Wiss. Ergebn. einer
Reise, p. 180, Fig. 48 im Holzschnitte abgebildet wurde. Es gehört jedenfalls zu den grössten Blättern der Localität von Kumi.

CLASSIS **MYRTIFLORAE.**

ORDO.

Myrtaceae.

MYRTACEAE.

Myrtus paradisiaca Ung.

Tab. XV, Fig. 5.

M. foliis rhombeis obtusis petiolatis integerrimis coriaceis, nervo primario solo conspicuo.

In formatione miocenica ad Kyme insulae Euboeae.

Scheint der Form, Grösse und Substanz nach ein Myrtenblatt zu sein. Mit den bereits beschriebenen Blättern von *Myrtus miocenica* U n g. und *M. minor* U n g. (Syll. plant. foss. III, p. 57, Tab. 18, Fig. 5—7) kommt dieses Fossil nicht überein. Als sein nächster Verwandter kann wohl *M. angustifolia* H o r t. angesehen werden. Früchte fehlen.

Eucalyptus aegaea U n g.

Tab. XV, Fig. 1.

E. foliis lanceolatis acuminatis rectis v. subfalcatis longe petiolatis subcoriaceis, nervis marginalibus tenuissimis.

Eucalyptus aegaea U n g. Wiss. Ergebn. einer Reise, p. 181, Fig. 49.

In formatione miocenica ad Kyme insulae Euboeae.

Mit der letzten Sendung von Petrefacten aus Kumi fand sich nur dieses eine Blatt, welches hier Fig. 1 abgebildet ist. Im Grunde trägt dasselbe durch seine etwas sichelförmige Gestalt und durch seine auffallend derbe Substanz den Charakter von *Eucalyptus*-Blättern an sich.

Die Nervatur ist ziemlich gut erhalten, so dass man auch die dem Rande sehr genäherten Randnerven gut ausnehmen kann. Leider fehlt die Spitze, und eben so ist der Blattstiel schon nahe seiner Basis abgebrochen. Ich verglich dieses Blatt mit dem gleichnamigen Organe von *Eucalyptus melliodora.*

Was ich überdies a. a. O. p. 169 als *Elaioides ligustrina* U n g. beschrieb und abbildete, dürfte, da es so wenig gut erhalten ist und ich ähnliche Blätter nicht mehr fand, wohl wahrscheinlich zu *Eucalyptus* gehören.

Callistemon eocenicum Ettingsh.

Tab. XV, Fig. 2—4.

C. foliis breviter petiolatis lanceolatis apice rotundatis mucronatis coriaceis integerrimis margine revoluto, nervo primario in mucronem excurrente, nervis lateralibus submarginalibus, secundariis ramosis.

Callistemon eocenicum Ettingsh. Beitr. z. foss. Flora von Sotzka, Sitzungsb. Bd. 28, p. 540, tab. 4, fig. 1.

In formatione miocenica ad Kyme insulae Euboeae.

Ich kann die hier abgebildeten Blätter nur mit grossen Zweifeln zu *Callistemon eocenicum* Ett. ziehen, dessen Beschreibung zur äusserst unvollkommenen Abbildung schon aus dem Grunde nicht passt, indem Spitze und Grund des Sotzkaer Blattes fehlen, hier aber beides so erhalten ist, dass man im Vergleiche mit den übrigen Eigenschaften des Blattes auf ein *Callistemon*-Blatt rathen kann. Von einer Nervatur ist Fig. 3 ausser dem Mittelnerven keine Spur ersichtlich, dagegen ist dieselbe in dem Blatte Fig. 2 so gut erhalten, dass eine vergrösserte Abbildung Fig. 2* sehr wohl eine Vergleichung mit dem Blatte von *Callistemon lanceolatus* D C., Fig. 4*, erlaubt. Sowohl Grösse und Form des Blattes, noch auffallender aber die Nervatur stimmen mit den analogen Theilen dieses neuholländischen Baumes überein.

CLASSIS **ROSIFLORAE.**

ORDO.

Amygdaleae.

Prunus aegaea Ung.

Tab. XIV, Fig. 27—33.

C. foliis petiolatis lanceolatis supra medium subtiliter crenato-serratis subcoriaceis levissimis penninerviis, nervo primario valido, nervis secundariis tenerrimis crebris simplicibus parum curvatis, fructu drupaceo putamine ovato parum compresso levi.

In formatione miocenica ad Kyme insulae Euboeae.

Es sind diese Petrefacte bisher nur äusserst sparsam in Kumi gefunden worden, allein es steht zu vermuthen, dass die Blätter zu den Früchten gehören, und diese auf die Gattung *Prunus*, nicht auf die Gattung *Amygdalus* hinweisen, wohin allerdings die Blätter mehr neigen.

Wie lang der Blattstiel war, ist nicht bekannt, da er in allen vorhandenen Exemplaren abgebrochen ist, auch fehlt den Blättern die äusserste Spitze. Deutlich dagegen ist die feine Crenatur der Ränder an der oberen Hälfte der Blätter zu erkennen, so wie aus dem Abdrucke die lederartige Beschaffenheit derselben und ihre glatte Oberfläche sattsam hervorgeht.

Der Form nach stimmt dieses Blatt sehr mit den Blättern von *Amygdalus radobojana* Ung. (Syll. pl. foss. III, p. 63, Tab. 19, Fig. 11—15) überein, und würden nicht die vorhandenen Früchte auf die Gattung *Prunus* hinweisen, so müssten sie ohne weiters zu jener fossilen Art gezogen werden.

Was die Früchte betrifft, von denen hier Fig. 30—33 vier Steinkerne abgebildet sind, so scheinen sie grösser als die von *Prunus mohikana* Ung. (Syll. plant. foss. III, p. 62, Tab. 19, Fig. 7) und mehr denen ähnlich zu sein, die ich als *Prunus nanodes* Ung. (Foss. Flora von Gleichenberg, Denkschr. d. kais. Akad. d. Wiss. Bd. VII, p. 26, Tab. 6, Fig. 11) beschrieben habe, welche Art sich mit *Prunus pygmaea* Willd. (*P. nepalensis* Cels.) vergleichen lässt. An Fig. 30 erkennt man sehr wohl die Rhaphe des Putamens.

CLASSIS **LEGUMINOSAE.**

ORDO.

Papilionaceae, Mimoseae.

I. PHASEOLEAE.

Rhynchosia populina Ung.

Tab. XV, Fig. 6.

Rh. foliis pinnatim trifoliolatis, foliolis deltoideo-acuminatis basi paululum productis, brevissime petiolatis membranaceis integerrimis, nervis secundariis basilaribus longissimis extus ramosis reliquis minoribus subsimplicibus.

Rhynchosia populina Ung. Wiss. Ergebn. einer Reise, p. 183, Fig. 54.

In formatione miocenica ad Kumi insulae Euboeae.

Eine jedenfalls selten unter den Petrefacten von Kumi vorkommende Pflanze, da unter mehreren Tausend Exemplaren bisher nur zwei Abdrücke dieser Art vorgekommen sind. Das a. a. O. abgebildete Blättchen war wahrscheinlich ein Endblättchen, während das vorliegende, Fig. 6, eher ein Seitenblättchen zu sein scheint. Die Übereinstimmung mit den homologen Theilen von *Rhynchosia flavissima* aus Abyssinien und noch mehr mit *Rhynchosia (Copisma) gibba* E. M. vom Cap der guten Hoffnung, Fig. 7, ist nicht zu verkennen.

Rhynchosia Ammonia Ung.

Tab. XV, Fig. 8.

Rh. foliis trifoliolatis, foliolis e basi cordata ovatis obtusis brevissime petiolatis integerrimis membranaceis, nervis secundariis tribus-quatuor arcuatis simplicibus nervillis tertiariis inter se conjunctis.

In formatione miocenica ad Kyme insulae Euboeae.

Es ist mir nur dieses einzige Blättchen bisher aufgestossen, das wohl ohne Zweifel nur das Theilblättchen einer Leguminose sein kann. Der Vergleich mit *Rhynchosia*-Arten zeigte die grösste Übereinstimmung mit den Blättern von *Rhynchosia pilosa* Harv. von Port Natal, von dem Fig. 9 eine Abbildung gibt.

Rhynchosia Isidis Ung.

Tab. XV, Fig. 12—15.

Rh. foliis trifoliolatis, foliolis minimis basi aequali oblongis obtusis subcoriaceis brevissime petiolatis, nervis secundariis simplicibus pinnatis.

In formatione miocenica ad Kumi insulae Euboeae.

Auch diese vier Blättchen möchte ich ihrer Basis und Nervatur nach lieber als Theile eines dreitheiligen als eines gefiederten Blattes ansehen, und da auch unter der Gattung *Rhynchosia* dergleichen kleine Blätter vorkommen, so nehme ich keinen Anstand, sie mit solchen zu vergleichen.

Ich habe zu dem Zwecke Fig. 16 ein Blatt von *Rhynchosia glandulosa* DC. (*Copisma glabrum* E. M.) gezeichnet, woraus die nahe Verwandtschaft unserer Fossilien ersichtlich wird. Dass die beiden Blättchen Fig. 14 und 15 bedeutend kleiner als die Blättchen Fig. 12 und 13 sind, hindert nicht, sie als eine Art zu betrachten, indem bei den Rhynchosien gewöhnlich die oberen Blätter des windenden Stengels um die Hälfte und mehr noch kleiner sind als die unteren.

Rhynchosia Osiridis Ung.

Tab. XV, Fig. 10.

Rh. foliis trifoliolatis, foliolis ovato-obtusis brevissime pedicellatis integerrimis, nervo primario subexcurrente, nervis secundariis ramosissimis.

Prosopis conarus Ung. Wiss. Ergebn. einer Reise, p. 185, Fig. 62.

In formatione miocenica ad Kyme insulae Euboeae.

Gleichfalls ein stielloses Blättchen, das mehr einem *Folium trifoliatum* als einem *Folium pinnatum* anzugehören scheint.

Ich habe viel herumgesucht, um Blättchen mit dieser ausgezeichneten Nervatur zu finden, und glaubte es auch in den Blättchen des chinesischen *Conarus microphyllus* Hook gefunden zu haben.

Eine jedenfalls näher liegende Verwandtschaft scheint mir jetzt in der *Rhynchosia puberula* Harv., Fig. 11, zu liegen, einem Strauche, der in den grasreichen Triften des Caplandes wächst.

Glycine glycyside Ung.

Tab. XV, Fig. 17—20.

Glycine glycyside Ung. Wiss. Ergebn. einer Reise, p. 182, Fig. 51.

Es dürfte nicht weit fehlgegriffen sein, die vorstehenden Blätter ebenfalls in die Verwandtschaft der so eben betrachteten zu bringen. Ähnlichkeiten mit *Glycine ovatifolia* (l. c. Fig. 53) und *Glycine Schimperi* Hochst. (l. c. Fig. 52) sind nicht zu übersehen.

Ob aber diese Art nicht mit *Rhynchosia Isidis* in eins zusammenfällt, kann erst durch weitere glückliche Funde entschieden werden.

II. CAESALPINIAE.

Caesalpinia antiqua Ung.

Tab. XV, Fig. 21.

C. foliis abrupte pinnatis? pinnulis undecim Millim. longis basi obliqua oblongis obtusis membranaceis, nervis secundariis pinnatis.

In formatione miocenica ad Kyme insulae Euboeae.

Bisher ist nur ein einziges Blättchen dieser Art vorhanden, dasselbe trägt jedoch alle Kennzeichen eines Theilblättchens und lässt sich am ehesten mit den Blättchen einer *Caesalpinia*-Art aus China, Fig. 22, vergleichen. Weniger scheint es mit den sonst gleichgestalteten Blättchen von *Stryphnodendron polyphyllum* Mart. und anderen überein zu kommen.

Caesalpinia europaea Ung.

Tab. XV, Fig. 23—25.

C. foliis pinnatis? foliolis ovato-obtusis vel retusis brevipetiolatis subcoriaceis integerrimis, nervis secundariis pinnatis apice ramosis.

In formatione miocenica ad Kyme insulae Euboeae.

Diese die Länge eines Zolles kaum erreichenden Blättchen von ovaler Gestalt mit eingedrückter Spitze und kurzem Stielchen lassen sich füglich mit den gleichnamigen Theilen mehrerer *Caesalpinia*-Arten vergleichen. Zu dem Zwecke habe ich ausser der vergrösserten Darstellung der Blättchen, Fig. 23* und 25*, noch die Abbildungen einer *Caesalpinia*-Art aus Mexiko, Fig. 26, und einer zweiten aus Brasilien, Fig. 27, hinzugefügt. Grösse, Form und Nervatur stimmen eben so mit der einen wie mit der anderen Art auffällig überein.

Cassia aegaea Ung.

Tab. XV, Fig. 28—30.

C. foliis plurijugis? foliolis lanceolato-linearibus acuminatis integerrimis membranaceis brevipetiolatis, nervis secundariis pinnatis.

In formatione miocenica ad Kyme insulae Euboeae.

Um nicht zu viele unsicher gegründete Species fossiler Pflanzen aufzustellen, würde ich gerne dieses Petrefact aus Kumi zur *Cassia ambigua* Ung. (Sylloge plant. foss. II, p. 29, Tab. 10, Fig. 9) gezogen haben, wenn es doch nicht zu sehr von dieser Art abwiche. Gesetzt, diese drei Blättchen gehören zusammen, so stimmt wohl *Cassia Parkeriana* DC. besser mit denselben überein als *Cassia corymbosa.* Am meisten jedoch dürfte wohl *Cassia Coromande-liana* Jacq., Fig. 31, auf die Verwandtschaft unserer Petrefacte Anspruch machen.

Cassia Memnonia Ung.

Tab. XV, Fig. 32, 33.

Cassia Memnonia Ung. Sylloge plant. foss. II, p. 29. Taf. 10, Fig. 4—8.

Anders scheint es mit den Fig. 32 und 33 abgebildeten Petrefacten zu stehen, die allerdings in den als *C. Memnonia* l. c. beschriebenen Pflanzenabdrücken ihre gleichen Angehörigen finden.

Cassia vetula Ung.

Tab. XV, Fig 34.

C. foliis plurijugis? foliolis ovatis obtusis basi subaequalibus sessilibus integerrimis rugoso-nervosis coriaceis.

In formatione miocenica ad Kyme iusulae Euboeae.

Auch zweifelsohne ein Fiederblättchen, das in den Fiedertheilen *Cassia (Chamaefistula) rugosa* Don., Fig. 35, aus Brasilien sein Ebenbild hat.

Copaifera kymeana Ung.

Tab. XV, Fig. 37—41.

C. legumine ovato-oblongo breviter stipitato oblique apiculato compresso, monospermo, foliis pinnatis, foliolis ovato-oblongis obtusis pedicellatis coriaceis, nervo primario valido, nervis secundariis creberrimis simplicibus fere evanidis.

Copaifera kymeana Ung. Sylloge plant. foss. II, p. 32, Taf. 11, Fig. 10.
Copaifera radobojana Ung. Wiss. Ergebn. einer Reise, p. 184.

In formatione miocenica ad Kyme insulae Euboeae.

Ich reproducire hier in Fig. 37 die fossile Frucht der bereits beschriebenen *Copaifera*-Art, welche seither nicht mehr in Kumi gefunden worden ist. Dazu bringe ich nur einige Theilblättchen, welche sich im Vergleiche mit den lebenden *Copaifera*-Arten ohne Zweifel als zu einer Art gehörig erweisen. Sie sind über einen Zoll lang, von verschiedener Grösse und mit vielen parallel laufenden unverzweigten Secundärnerven versehen, die aus dem starken Mittelnerven entspringen, aber wegen der lederartigen Beschaffenheit des Blattes nicht immer deutlich zu erkennen sind. Eine Vergrösserung der unteren Hälfte des Blättchens, Fig. 41 in Fig. 41* bestätigt die Ähnlichkeit mit den *Copaifera*-Blättchen. Der Stiel ist bald länger bald kürzer.

Bauhinia olympica Ung.

Tab. XV, Fig. 36.

B. folio obovato-orbiculari apice leviter bilobo petiolato integerrimo membranaceo, nervo primario excurrente valido, nervis lateralibus basalibus curvatis indivisis, nervulis tertiariis transversalibus cum nervo primario conjunctis.

In formatione miocenica ad Kyme insulae Euboeae.

Bisher ist nur dieses einzige Blatt gefunden worden, das zwar durch die zweilappige Gestalt ausgezeichnet ist, und insofern mit den Blättern der *Bauhinia*-Arten übereinkommt, sich jedoch durch den Umstand, dass jedem dieser Lappen nur ein Mittelnerv zukommt, auffallend von den Blättern der *Bauhinia*-Arten unterscheidet, deren Lappen durchaus drei und mehrere Nerven besitzen.

III. MIMOSEAE.

Prosopis graeca Ung.

P. foliis bipinnatis? foliolis minimis inaequali-obovatis retusis integerrimis brevi petiolatis, nervis secundariis simplicibus curvatis.

Prosopis graeca Ung. Wiss. Ergebn. einer Reise, p. 284, tab. 59.

In formatione miocenica ad Kyme insulae Euboeae.

Ich kann dem a. a. O. abgebildeten Theilblättchen kein zweites hinzufügen, muss aber meine Ansicht aufrecht erhalten, dasselbe in nächste Beziehungen mit *Prosopis phyllanthoides* Popp. zu stellen.

Prosopis kymeana Ung.

Tab. XVI, Fig: 1—3.

P. foliis bipinnatis? foliolis parvis lanceolato-linearibus basi aequalibus retusis brevissime petiolatis nervosis, nervis secundariis angulo acuto e nervo primario exorientibus simplicibus reticulo nervulorum minimorum conjunctis.

In formatione miocenica ad Kyme insulae Euboeae.

Diese Blättchen verrathen sich wohl gleich als Mimoseen-Blättchen. Der kurze angeschwollene Stiel macht diese Voraussetzung nur noch wahrscheinlicher. Untersucht man sie bei schwacher Vergrösserung, so fallen die zahlreichen aus dem Mittelnerven in einen spitzen Winkel entspringenden Secundärnerven auf, die wie Fig. 2* und 3* zeigen, ein feines langgezogenes Maschennetz bilden. Eine solche Nervatur ist den Blättchen von *Prosopis* nicht selten. Zur Vergleichung sei die Abbildung eines Blattheiles von *Prosopis Siliquastrum*, Fig. 4, beigefügt. Sind die Blättchen gleich schmäler und länger, so zeigen sie doch eine eben solche Nervatur. Noch näher kommen dem Fossile die Blättchen von *Prosopis spicigera* L., nur haben diese eine ungleiche Basis, welche den fossilen Blättchen fehlt.

Acacia prisca Ung.

Tab. XVI, Fig. 5.

A. foliis pinnatis? foliolis ovato-acuminatis in petiolum brevem attenuatis subrhombeis integerrimis coriaceis, nervo primario solo conspicuo.

In formatione miocenica ad Kumi insulae Euboeae.

Dass dieses 15 Millim. lange, fast rhombisch gestaltete Blättchen das Theilblatt eines gefiederten Blattes ist, lässt sich nicht bezweifeln, jedoch ist es sehr schwierig, zu sagen, ob es der Gattung *Acacia* angehört, wofür jedoch manches spricht. Einstweilen mag es also in dieser Gattung eingeschaltet sein.

Mimosa Medeae Ung.

Tab. XVI, Fig. 6—8.

M. pars leguminis compressi articulati a replo soluta; foliis pinnatis, pinnulis sessilibus ovato-oblongis obtusis membranaceis integerrimis, nervis secundariis e nervo primario angulo acuto secedentibus basi approximatis simplicibusque.

In formatione miocenica ad Kyme insulae Euboeae.

Noch schwerer als bei der vorhergehenden Art ist die Bedeutung der hier vereinten Theile aufzufinden. In Fig. 8 sieht man einen ovalen, nervenlosen, mehr derben als zarthäutigen Pflanzentheil, der einige unregelmässige Falten besitzt. Ich kann daran nichts anders als die Klappe einer Hülsenfrucht erkennen, und bei dem gänzlichen Fehlen einer Naht kann ich nur voraussetzen, dass sich diese bereits getrennt habe. Nichts passt somit auf dies räthselhafte Petrefact besser, als der Vergleich mit dem von Replum getrennten Hülsentheil der Gliederhülse von *Mimosa*, wie uns dies ein Blick auf Fig. 9 lehrt.

Damit vereinige ich aber auch die beiden Theilblättchen, Fig. 6, 7, die mir zwar mehr mit Blättern von *Acacia*, als mit Mimosen-Blättchen übereinzustimmen scheinen. Ich muss es daher aus Mangel eines hinreichenden Materiales der Zukunft überlassen, hier Licht zu verbreiten. Vom Blättchen Fig. 6 ist zur Verdeutlichung der Nervatur die Vergrösserung desselben Fig. 6* beigefügt.

Inga Icari Ung.

Tab. XVI, Fig. 10.

I. foliis pari-pinnatis, foliolis magnis ovato-lanceolatis acuminatis brevissime pedicellatis integerrimis membranaceis, nervo primario valido, nervis secundariis crebris arcuatis simplicibusque.

In formatione miocenica ad Kyme insulae Euboeae.

Wir haben aller Wahrscheinlichkeit nach in diesem gut erhaltenen Petrefacte das Theilblättchen eines grossen gefiederten Blattes vor uns. Der fast mangelnde Stiel, die langgezogene Spitze, so wie die ungleiche Basis sprechen dafür. Vergebens habe ich mich in verschiedenen Pflanzenfamilien um verwandte Blattformen umgesehen, bis ich auf die Blätter der *Inga*-Arten stiess. Obgleich mehrere derselben im tropischen Asien und Amerika einheimischen Arten unserem Fossile nahe kommen, so stimmen doch die Blätter keiner Art so auffallend mit demselben überein, als die der *Inga semialata* Mart., wesshalb ich eine Zeichnung, Fig. 11, vom Blatte dieser Pflanze beigebe.

EPILOG.

Vorstehende Abhandlung war im Frühjahre 1866 geschrieben und in den ersten Tagen des Monates Juli, so wie sie hier im Drucke vorliegt, der kais. Akademie der Wissenschaften übergeben.

Jetzt nach drei Viertel Jahren, wo der Druck vollendet wurde, hat sich durch Aufklä‌rungen, welche die Wissenschaft seit jener Zeit empfing, manches in meiner Anschauungs‌weise geändert, so dass ich nicht umhin kann, die in der Einleitung ausgesprochenen Ansichten hie und da zu modificiren und zu ergänzen.

Vor Allem muss ich darauf hinweisen, dass die pflanzenführenden Schichten von Kumi und die rothen Thone von Pikermi mit den Säugethier-Resten, welche als gleichzeitige Ab‌lagerungen angenommen wurden, doch nicht in e in e n Zeitraum fallen, sondern verschiedenen Perioden angehören.

Überall, wo in Nord-Griechenland und auf der Insel Euboea die mergeligen und kalki‌gen Süsswasserablagerungen auftreten, sind dieselben von rothem Thon, rothen Sand und Con‌glomeraten begleitet, ja wechsellagern damit sogar. Dasselbe ist auch bei Pikermi der Fall, nur sind an dem letzteren Orte die kalkigen Süsswasserschichten in gestörter Lage, während die rothen Thone in scheinbar horizontalen Schichten darüber lagern.

Das den Süsswasserschichten ehedem allgemein zugeschriebene junge Alter, das aus den vorgefundenen Conchylien und Pflanzenresten gefolgert wurde, bestärkte mich noch mehr in der Ansicht über die Gleichzeitigkeit beider Ablagerungen. Da sich jedoch das jüngere Alter dieser Süsswasserablagerungen aus der näheren Untersuchung der Pflanzenreste keineswegs als richtig ergab, ja dieselbe vielmehr dem Niveau von Sotzka — Unter-Miocän — gleich zu stehen schien, so hatte ich auch den Thierresten von Pikermi eben dasselbe Alter zuge‌dacht.

Dieses kann jedoch nach übereinstimmenden Untersuchungen nicht tiefer als Ober-Miocän gestellt werden. Es würden somit, falls beide Schichtencomplexe ein e r Periode angehörten, die Pflanzen eines viel tieferen Horizontes sich mit Thieren jüngeren Alters ver‌einiget haben, was nicht denkbar ist.

Vergleicht man die Flora von Kumi mit der Flora von Sotzka, Radoboj und Sagor, welche jener von Rallingen der Schweiz entsprechen, so treten ungeachtet der Übereinstimmung im Ganzen doch so auffallende Unterschiede hervor, dass man dieselben nicht anders als durch Örtlichkeitsverhältnisse herbeigeführte Specialitäten bezeichnen kann, und es wird sich nicht nur hier, sondern bei weiterer Ausdehnung unserer Erfahrungen immer mehr und mehr her‌ausstellen, dass zur Zeit der unteren Miocänperiode sich schon verschiedene Florengebiete zu trennen anfingen.

Während wir in Sotzka und Radoboj noch wenig Gewächse mit periodisch abfallenden Blättern wahrnehmen, tritt in Kumi schon ein merkliches Procent davon auf. Eben so finden sich in jenen Floren nur sparsame Andeutungen eines südafrikanischen Characters, während derselbe in Kumi bei weitem deutlicher hervorleuchtet. Wenn ich daher für Sotzka den oceanischen Charakter seiner Flora vindicirte, so gilt das für Kumi ungeachtet der bedeutenden Übereinstimmung ihres Pflanzeninhaltes nur theilweise.

Ich folgere daraus, dass mit der beginnenden Trennung der Florengebiete aus einem ursprünglich über die ganze Erde verbreiteten mehr oder weniger gemeinsamen Charakterbilde die nach Örtlichkeitsverhältnissen entspringenden Vertheilungen stattfanden.

Nicht Pflanzen von Neu-Holland und den oceanischen Inseln sind nach Europa gewandert, nicht Gewächse von Amerika haben eine Brücke nach unseren Welttheil gefunden, sondern umgekehrt, aus dem gemeinsamen Stammlande, das sich über die ganze Erde verbreitete, haben sich die Charakterpflanzen nach und nach auf jene Erdtheile zurückgezogen, die ihrer Entwicklung am günstigsten waren. Dort haben sich dieselben in ihrer Weise weiter in einer grösseren oder kleineren Nachkommenschaft entfaltet, haben die übrigen Gewächse als weniger entwicklungsfähig verdrängt, und begünstigt durch Abschliessung geographischer Schranken auf diese Weise jene Floren erzeugt, die wir gegenwärtig in so grosser und bunter Mannigfaltigkeit über der ganzen Erde wahrnehmen.

So ist es nun auch gekommen, dass wenigstens ein Theil der gegenwärtigen südafrikanischen Flora Vorältern in Kumi hatte, deren unmittelbare Nachkommen durch Veränderung der klimatischen Verhältnisse genöthigt wurden, sich allmählich nach Afrika u. s. w. zurückzuziehen, wo sie allein noch die Bedingungen ihrer Existenz und den Antrieb zu neuen Entfaltungen finden konnten.

Räthselhaft bleibt es nur noch, wie eine in Griechenland (Pikermi) in einer viel späteren Zeit (Ober-Miocän) lebende Thierwelt von unverkennbar südafrikanischem Charakter sich erhalten konnte, wo Klima und Vegetation, die einst allerdings entsprechend auf sie einwirken könnte, schon bedeutende Veränderungen erfahren haben musste.

Dieses Räthsel lässt sich nach unseren gegenwärtigen Erfahrungen nur dadurch lösen, dass man annimmt, Klima und Vegetation habe sich aus einer viel früheren Periode nicht verändert, sondern, begünstigt durch uns noch unbekannte Örtlichkeitsverhältnisse, mehr oder weniger unverändert erhalten und nur so ist es möglich zu begreifen, wie eine erhebliche Zahl von grasfressenden Thieren sich auf diesem Terrain eine ihnen zusagende Nahrung finden konnte.

Wir kennen zwar die Säugethiere nicht, die gleichzeitig mit den Ablagerungen der Süsswasserformation in Griechenland und in Kleinasien lebten, müssen jedoch annehmen, dass die Thiere in Pikermi ihre Epigonen sind, die allerdings aus der unteren Miocänzeit durch die mittelmiocäne oder sarmatische Periode eine nicht unbeträchtliche Veränderung erfahren haben.

Sind unsere Wahrnehmungen von der Ungleichzeitigkeit der Ablagerung von Kumi und Pikermi richtig, so bleibt zur Erklärung der vorhandenen Thatsachen nichts übrig als die Annahme, dass, während die Thierwelt durch die geraume Zeit von zwei Perioden sich auf demselben Terrain nicht unbedeutend verändert, dasselbe keineswegs zugleich mit der Vegetation stattfand, welche diesen Boden bedeckte.

Diese Erklärung findet allerdings einige Stütze in der immer mehr und mehr festen Fuss fassenden Anschauung, dass die geologischen Perioden keine abgeschlossenen, durch plötzliche Veränderungen der organischen Welt begrenzten Zeiträume bilden. Wenn nun alle grösseren Perioden durch allmähliche Übergänge an einander hängen, so kann es wohl geschehen, dass durch Veränderungen in der Vertheilung von Land und Wasser Örtlichkeitsverhältnisse entspringen, die solche Übergänge in einem Wesenreiche eher verlangsamen als beschleunigen, je nachdem die Lebens- und Entwicklungsbedingungen günstiger werden, während in dem anderen Wesenreiche gerade das Entgegengesetzte der Fall ist.

Es kann daher vorkommen, dass auf demselben Terrain die Thierwelt sich rascher dem Metamorphismus hingibt als die Pflanzenwelt, indem die eine verändert wird, während die andere für längere Zeit stationär bleibt.

Vielleicht löst die Zukunft dieses widerspänstige Räthsel der Wahrheit entsprechender als ich es hier vermochte.